W0315483

Pirate d'amour

J'AI LU

Barbara Cartland est une romancière anglaise dont la réputation n'est plus à faire.

Près de trois cents romans variés et passionnants mêlent aventures et amour.

Les Éditions J'ai Lu *en ont déjà publié plus de quatre-vingts que vous retrouverez dans le catalogue gratuit disponible chez tous les libraires.*

Les Éditions J'ai Lu *publient également* Les romans préférés de Barbara Cartland, *un choix des livres qui ont enchanté sa jeunesse.*

BARBARA CARTLAND

Pirate d'amour

traduit de l'anglais par Marie Dartey

Éditions J'ai Lu

Ce roman a paru sous le titre original :

THE LOVE PIRATE

© Barbara Cartland, 1977

Pour la traduction française :
© Éditions de Trévise, 1982

NOTE DE L'AUTEUR

Le dernier des rajahs blancs, Vyner Brooke, avait pratiquement réussi à mettre fin à la coutume de la chasse aux têtes dans l'île de Sarawak.

Mais quand les Japonais envahirent l'île, au cours de la Seconde Guerre mondiale, cette interdiction fut oubliée.

Lorsque le rajah et son épouse revinrent à Sarawak après la fin du conflit, les Dyak leur montrèrent avec fierté une imposante quantité de têtes de Japonais qu'ils avaient fumées et conservaient suspendues dans un local spécial suivant la tradition. Et les guerriers leur expliquèrent joyeusement l'astuce dont ils avaient usé pour réussir à mettre à mort tant de soldats japonais. Ils avaient envoyé leurs plus jolies filles se baigner dans un étang isolé au cœur de la jungle. Les Japonais n'avaient pas manqué de se laisser attirer par ce spectacle tentateur. Mais à chaque Japonais qui s'avançait, les Dyak embusqués sous le couvert des arbres lui tranchaient la tête au passage.

Et tous de s'exclamer, encore tout heureux à ce souvenir : « Ce fut un jeu pour nous de capturer toutes ces têtes de Japonais! Un jeu très, très amusant... »

B. C.

1

1885

– J'ai entendu dire que vous alliez repartir par monts et par vaux, Theydon, est-ce vrai?

Tels furent les premiers mots que l'honorable d'Arcy Charington adressa à lord Saire lorsqu'il vint le rejoindre dans le compartiment réservé où son ami était déjà installé.

Il s'assit confortablement, alluma un cigare et attendit la réponse avec curiosité.

– Le Premier ministre m'a demandé de faire un voyage en Extrême-Orient. Ma tournée commence à Singapour. Je dois faire une enquête sur la situation commerciale en général et sur les activités de notre très illustre diplomatie.

D'Arcy Charington éclata de rire :

– Voilà une tâche qui me paraît bien officielle : je ne vous envie pas, Theydon!

– Cela me changera du moins les idées, observa lord Saire.

– Tiens, tiens! On dirait que vous êtes content de quitter l'Angleterre... Il est vrai que ce dernier week-end n'a pas dû être très réjouissant pour vous.

– Bah! Comme toujours, du bon et du mauvais! répondit lord Saire d'un ton blasé.

– Grand Dieu! Vous êtes vraiment difficile à satisfaire, Theydon! Difficile pourtant de trouver autant de jolies femmes au mètre carré! Et le prince semblait s'amuser ferme!

– Oh ! le prince s'amuse toujours quand il se trouve au milieu de jolies femmes, quelles qu'elles soient.

Le ton impertinent de lord Saire fit rire d'Arcy Charington.

– Son Altesse Royale est vraiment incroyable ! renchérit-il. Dès qu'une beauté arrive, son regard s'allume, son visage prend une expression particulière. On le sent en alerte... Cependant, Theydon, tout blasé et cynique que vous soyez, admettez qu'elles étaient toutes diablement belles.

Lord Saire prit le temps d'allumer minutieusement un cigare avant de répondre. Il éteignit l'allumette, puis déclara lentement :

– Savez-vous ce que je pensais, en les regardant, la nuit dernière ? Que toutes ces femmes se conduisaient exactement comme si elles se croyaient des déesses siégeant sur l'Olympe et nous prenaient, nous les hommes, pour de simples mortels prosternés à leurs pieds, tout en bas de la montagne sacrée.

D'Arcy le considéra d'un air songeur :

– S'il est une chose dont je suis certain, Theydon, c'est que vous, au moins, vous ne vous êtes jamais prosterné aux pieds d'une femme, quel que puisse être le charme de ses doigts roses.

– D'Arcy, vous me consternez, mon cher ! Vous vous mettez à parler la langue de ces romans français que nous nous amusions à lire ensemble lors de notre séjour à Paris et que nous jetions par la fenêtre dès que nous les avions terminés.

– Nous nous sommes tout de même rudement amusés, non ? Et, pourtant, il faut reconnaître que les petites Françaises, si aguichantes soient-elles, ne peuvent soutenir la comparaison avec nos beautés anglaises.

– Ce ne sont pas les traits réguliers d'un visage ni la perfection canonique d'un corps qui attirent le plus les hommes, fit observer lord Saire.

– Alors, qu'est-ce que c'est ? s'étonna d'Arcy.

Lord Saire n'ayant pas répondu, son ami reprit :

– Ce qui est terrible avec vous, Theydon, c'est que vous êtes beaucoup trop gâté : vous êtes blasé, complètement pourri. Vous êtes trop riche, trop beau. Vous avez trop de chance. Vous réussissez tout ce que vous entreprenez. Ce n'est pas naturel.

– Pas naturel? Pourquoi? demanda lord Saire les yeux pétillants de malice.

– Eh bien! Vous cueillez toujours les plus belles pêches ou plutôt elles tombent d'elles-mêmes dans vos bras, sans même que vous ayez tendu la main pour vous en emparer. Voilà pourquoi vous êtes saturé, mon cher – oui, oui, saturé : c'est le mot qui convient! – vous êtes complètement saturé des meilleures choses de l'existence, si bien que vous ne savez même plus les apprécier.

– Je préfère peut-être faire l'effort de les cueillir moi-même, pour employer les mêmes mots que vous; c'est-à-dire, en d'autres termes, être libre de choisir le gibier que je veux chasser.

D'Arcy Charington ne put s'empêcher de rire.

– Je pense surtout que Gertrude vous a rendu la vie trop dure pendant ce week-end. Quand elle tient un homme entre ses griffes, elle ne veut plus lâcher prise. Elle a toujours été très possessive.

Lord Saire ne répondit pas. Il se refusait toujours, par principe, à parler de ses affaires de cœur. Et son ami, qui le savait, ne put cependant s'empêcher de remarquer :

– Vous avez certainement raison de partir dès maintenant, sans plus attendre. Encore un peu, et vous ne pourriez plus vous libérer. Très sincèrement, Theydon, cela ne me ferait aucun plaisir de vous voir attelé jusqu'à la fin de votre vie au char de cette Gertrude.

– Il n'en est absolument pas question, déclara lord Saire avec fougue.

Son ami s'amusa en son for intérieur. Il comprenait brusquement pourquoi les beaux yeux de Gertrude Lindley avaient tellement étincelé de colère, la veille, et pourquoi lord Saire avait eu l'air encore plus morne que d'habitude pendant la brillante soirée donnée par le duc de Melchester, lequel avait pourtant invité l'élite de la petite société qui gravitait autour de Marlborough House.

Les femmes invitées à cette réception en l'honneur du prince de Galles avaient été triées sur le volet. Il n'y avait là que des épouses avec leur mari ou des veuves de membres de la haute noblesse.

Il se trouvait quelques célibataires parmi les hommes. C'était le cas de lord Saire et de d'Arcy Charington que leur hôtesse avait tout spécialement invités en raison d'une rumeur qui leur attribuait une liaison avec l'une des beautés à la mode. D'autres étaient considérés comme de bons renards pouvant éventuellement servir de gibier aux femmes avides de conquêtes, ces femmes orgueilleuses dont d'Arcy Charington disait souvent avec dédain : « Elles se font une gloire de faire tomber les hommes à leurs pieds et d'exhiber leurs victimes. Elles se conduisent comme les Indiens qui portent le scalp de leur ennemi accroché sur leur vêtement en guise de parure. »

D'Arcy Charington, qui observait attentivement son ami, pensa, une fois de plus, que lord Saire était l'un des hommes les plus séduisants de sa génération. La chose était si vraie que tout le monde trouvait injuste que lord Saire fût, en outre, l'un des plus riches et des plus intelligents.

C'était un cerveau remarquable. A plusieurs reprises, et en dépit de sa jeunesse, lord Saire s'était vu confier des missions diplomatiques d'une haute importance, tant par lord Salisbury, alors Premier ministre, que par son prédécesseur, Mr Gladstone. On n'avait jamais accordé tant de confiance à des hommes aussi jeunes que lui.

Bien qu'il fît officiellement partie du Foreign Office, lord Saire occupait un poste diplomatique officieux. Ses fonctions consistant à enquêter dans le monde entier, il voyageait énormément.

Les deux hommes gardèrent le silence un moment.

– Quand partez-vous? demanda enfin d'Arcy.

– Après-demain.

– Comment? Déjà? Avez-vous averti Gertrude?

– J'ai toujours estimé plus sage de ne pas prévenir mon entourage quand je pars en mission. Je déteste les scènes d'adieux. On me fait faire toutes sortes de promesses, comme celle d'écrire, et je sais que je ne les tiendrai pas.

Lord Saire avait parlé d'un ton presque rageur, ce qui donnait à penser que c'était là une conduite très habituelle chez lui et qu'il avait dû bien des fois s'esquiver avant que la femme dont il s'était lassé ait pu seulement soupçonner ses intentions. D'Arcy Charington se garda de tout commentaire et dit de son ton le plus détaché :

– Bon! Vous voilà sorti du bourbier... J'en viens à me demander si je ne vous envie pas un peu. Car il ne nous restera pas grand-chose d'intéressant à faire ici, quand il fera trop froid pour la chasse à courre. Le prince semble avoir l'intention de partir pour Cannes après les fêtes de Noël : Londres sera désert et sinistre.

– Vous pourriez peut-être vous joindre à la suite de Son Altesse Royale. Ce serait sans doute plus agréable que de rester dans la capitale, suggéra lord Saire.

– Je me sens incapable de faire des courbettes durant un mois entier. Si j'en avais la possibilité, je préférerais partir avec vous.

Lord Saire sourit.

– Rien ne pourrait vous déplaire autant que cette mission, d'Arcy. Moi aussi, j'aurai mon lot de flatteries et de courbettes avec tous ces petits nababs et ces roitelets indigènes auxquels je vais rendre visite. En outre, en certains endroits, je serai privé du confort le plus élémentaire. Si vous connaissiez les lieux où j'ai parfois séjourné, vous seriez bien étonné.

– Bah! Rien ne peut être pire que l'armée : vous en souvenez-vous?

– C'est vrai. Mais j'avais presque oublié tous ces désagréments : les manœuvres, les marches forcées, et au mess, l'ineptie des conversations.

D'Arcy Charington prit un ton désabusé :

– Elles n'étaient pas beaucoup plus sinistres que celles qu'il nous a fallu soutenir pendant tout ce week-end! Notre Charlie a été plus minable que jamais avec ses sempiternelles bonnes histoires et ses imitations médiocres. Il a amusé le prince, mais personne d'autre.

– Je crois que je commence à être trop vieux pour faire la fête, observa lord Saire.

– A trente et un ans! se récria d'Arcy Charington. Allons, il y a quelque chose qui ne va pas, mon cher Theydon! Seriez-vous amoureux par hasard?

Mais lord Saire répondit d'un ton un peu sec :

– Une fois pour toutes, la réponse est non! Un non absolu et sans équivoque! Et, au cas où vous n'auriez pas encore compris, d'Arcy, je vous le répète : non seulement je ne suis pas amoureux, mais je n'ai pas le moindre désir de l'être jamais!

– Voilà une résolution qui doit faire grand plaisir à notre Premier ministre, déclara Charington d'un ton narquois.

Lord Saire leva les sourcils d'un air surpris. Son ami se mit en devoir d'expliquer :

– Le cher homme vit dans la terreur de vous perdre. Il a déclaré à mon père, l'autre jour, à la Chambre des Lords : « Je perds plus de collaborateurs, parmi les jeunes, du fait de leurs affaires de cœur, qu'autrefois sur les champs de bataille. »

– Votre père pourra donc tranquilliser le Premier ministre en ce qui me concerne, car l'amour n'entre pas dans mes projets d'avenir. Mes affaires de cœur n'entraveront pas ses plans.

– Il faudra bien vous marier un jour, répliqua d'Arcy Charington.

– Pourquoi?

– Vous devez avoir un héritier, c'est essentiel. Il faut bien que tout ce que vous possédez revienne à quelqu'un.

Ayant réfléchi quelques instants, il ajouta d'un ton plus sérieux :

– J'ai souvent pensé que la seule chose qui manque à Saire House, c'est une maîtresse de maison. Pour que cette demeure soit habitable, il faudrait une femme et une bonne demi-douzaine d'enfants. C'est un joyau d'architecture, mais pas encore un foyer.

Theydon Saire déclara avec feu :

– J'aime cette demeure telle qu'elle est, moi. Enfin, mon cher, vous ne m'imaginez tout de même pas affligé d'une épouse? Moi, marié? Cela ne se conçoit pas!

– Mais si, et je vous vois très bien dans ce rôle. Et pourquoi pas avec Gertrude, par exemple? Elle porterait magnifiquement les diamants de votre mère.

Lord Saire s'insurgea :

– Ecoutez, je peux vous parler en toute franchise. Sachez donc ceci : Gertrude est indiscutablement la dernière femme dont je songerais à faire mon épouse, d'Arcy. Elle n'a aucune des qualités requises.

– Vous la trouvez trop exigeante et trop tyrannique, n'est-ce pas? demanda son ami.

– Elle l'est, c'est vrai. Mais ce n'est pas ce qu'elle a de pire, riposta vivement lord Saire. Elle n'a pas un gramme d'intelligence, entre autres. Je me demande même si elle possède un cerveau... Elle est certes très belle. C'est l'une des plus jolies femmes que j'aie jamais rencontrées. Mais, quand on a dit cela, on a tout dit.

– Enfin, que voulez-vous donc de plus, Theydon? s'étonna d'Arcy Charington.

– Beaucoup de choses, figurez-vous, mon cher.

– Lesquelles? Dites-le-moi, demanda avec curiosité le jeune homme.

– Certainement pas! Car, si j'avais le malheur de

vous faire connaître les qualités que je demanderais à mon épouse, vous ne pourriez pas vous empêcher de vous mettre aussitôt en quête pour découvrir la créature idéale. Et, si par malchance vous la trouviez, vous n'auriez de cesse que je ne vous cède. Vous m'assiégeriez et finiriez par me forcer la main. Non, merci!

D'Arcy Charington riait gaiement.

– C'est bon! Débrouillez-vous tout seul, Theydon! Profitez de votre belle tranquillité. Mais je vous préviens quand même : dans votre vieillesse, vous souffrirez de solitude quand vous vous retrouverez au fond de votre fauteuil, dans votre immense palais, sans le secours d'une compagne.

– La compagnie de vieux amis comme vous, d'Arcy, suffira toujours à mon bonheur. Et il me suffira, pour être comblé, d'être le parrain de vos enfants. J'ai d'ailleurs déjà assez de filleuls de tous les côtés pour être heureux.

– Grand Dieu! s'exclama comiquement d'Arcy. Dois-je croire qu'en leur nom, au moins, vous avez « renoncé à Satan, à ses pompes et à ses œuvres », Theydon?

– Bien sûr, bien sûr... mais pour eux seulement; pas pour moi. En ce qui me concerne, mon parrain et ma marraine – qui sont morts depuis bien longtemps – n'avaient certainement fait aucune promesse quand ils m'ont tenu sur les fonts baptismaux. Ils n'ont d'ailleurs jamais rien fait pour moi.

D'Arcy Charington lui demanda d'un ton goguenard :

– Et vous? Peut-on savoir ce que vous faites pour vos multiples filleuls?

– Je leur envoie une guinée à Noël et dix guinées le jour de leur première communion. Ensuite, je m'en lave les mains, déclara lord Saire d'un ton faussement cynique.

– Voilà qui est très louable de votre part! Mais je me sentirai beaucoup plus rassuré sur votre sort le jour où je vous verrai nanti d'un fils et de deux ou trois jolies petites filles.

Lord Saire rit de bon cœur :

– Dieu vous pardonne, mon cher, les filles me font horreur. Il n'est rien que j'évite autant que les jeunes filles de mes amis. Pendant tout le week-end, la duchesse m'a pourchassé et harponné pour me démontrer que sa petite Catherine ferait la meilleure des épouses pour l'heureux mortel qui s'en encombrerait.

– J'ose espérer que vous n'avez pas pris ce parti en considération? s'inquiéta d'Arcy Charington.

Jouant l'innocence, lord Saire riposta d'un ton taquin :

– Pourquoi? Je croyais que vous souhaitiez me voir marié?

– C'est vrai; mais avec l'une des filles de la duchesse, vous auriez un beau-père difficilement supportable. Quel homme affreux! Et puis, de toute manière, d'après ce que l'on en dit, ces filles ont l'air de chevaux de bataille et doivent être sinistres.

– Connaissez-vous des jeunes filles qui ne le soient pas? Il est vrai que je n'ai pas rencontré de nombreux spécimens de cette variété de l'espèce féminine.

– Il doit certainement exister des jeunes filles séduisantes, affirma d'Arcy Charington. Les oisillons deviennent bien de beaux cygnes. Et, après tout, Gertrude et ses semblables ont été, elles aussi, en leur temps, des oisillons mal plumés.

Lord Saire l'interrompit d'un ton railleur :

– Et indiscutablement aussi mornes que l'eau stagnante.

– C'est bon, rétorqua d'Arcy Charington, n'en parlons plus. Je vous en reparlerai à votre retour d'Extrême-Orient; à moins, bien entendu, que vous n'ayez donné votre cœur à quelque belle indigène aux yeux noirs... Qui sait?

Un léger sourire erra sur les lèvres de son ami.

– Comme vous le dites, mon cher : Qui sait? ironisa-t-il.

Comme le train entrait en gare, d'Arcy Charington jeta son cigare par la portière et mit son chapeau.

– Vous allez me pardonner de vous abandonner, Theydon, mais il faut que je saute à terre sans perdre un instant dès l'arrêt du train. J'ai un rendez-vous important.

– Un rendez-vous important? répéta lord Saire qui fit une petite pause avant de poser la question : mâle ou femelle?

– C'est un homme, figurez-vous : et c'est le directeur de ma banque.

Lord Saire s'exclama joyeusement :

– Il n'y a évidemment pas de personnage plus important au monde.

D'Arcy Charington répondit d'un ton assez piteux :

– Dans mon cas, oui. J'ai fait une montagne de dettes et je n'ose pas en avouer le montant à mon père. Mon banquier m'a toujours paru beaucoup plus compréhensif.

Lord Saire lui sourit.

– Alors, bonne chance! A ce soir, sans doute : je pense que vous viendrez à Marlborough House?

– Oui, le prince m'a invité. Et la soirée sera probablement amusante.

– Si nous la trouvons sinistre, nous aurons toujours la ressource de la terminer ailleurs. J'ai quelques visites à faire avant mon départ, car je serai absent plusieurs mois.

Son ami lui adressa un sourire de connivence.

– Mrs Aspaneli nous accueillerait certainement à bras ouverts. J'ai entendu dire qu'elle avait fait venir de Paris de nouvelles petites femmes très plaisantes.

– Dans ce cas, nous quitterons certainement Marlborough House de bonne heure.

Le train roulait déjà le long du quai où des files de porteurs attendaient les voyageurs.

Mais les deux hommes n'avaient pas à se soucier de ce problème. Ils le laissaient à leurs valets de chambre : ces derniers, après avoir rassemblé les bagages à main du compartiment, iraient récupérer les malles dans le fourgon.

Dès que le convoi s'arrêta, d'Arcy Charington saisit le pommeau d'argent de sa canne en jonc de Malacca, ouvrit la portière et sauta à terre. Il se retourna et cria : « Au revoir, Theydon! » puis disparut dans la foule.

Lord Saire n'était, quant à lui, nullement pressé. Il replia tranquillement le journal qu'il n'avait pas pu lire puisqu'il avait bavardé durant tout le voyage avec son ami, se leva et enfila sa pelisse doublée de fourrure et garnie d'un col en astrakan. Il s'empara enfin de son chapeau.

Au moment où il le posait sur sa tête en prenant soin de lui donner exactement l'inclinaison voulue par la mode, son valet de chambre apparut à la portière.

– J'espère que milord a fait bon voyage, dit-il respectueusement en montant dans le compartiment.

– Excellent, Cosnet, je vous remercie. Tenez, voici le *Financial Times* : ne le jetez pas, je n'ai pas eu le temps de le lire, recommanda lord Saire.

– Très bien, milord. Votre coupé doit vous attendre. Je vais porter les bagages directement dans le landau.

– Oui, merci, Cosnet. Moi, je me rends à la Chambre; mais je rentrerai de bonne heure pour m'habiller. Je dîne à Marlborough House.

– C'est bien ce que je pensais, milord.

Lord Saire se fraya calmement un passage au milieu de la foule compacte qui encombrait le quai. Le train était bondé. Quantité d'écoliers et d'étudiants étaient montés à Oxford. L'excitation et la gaieté de ces jeunes gens rappelèrent à lord Saire que l'on était au début des vacances de Noël.

« Sans doute vont-ils dans leur famille », pensa-t-il en avançant lentement entre les groupes de filles et de garçons. Il y en avait partout. Çà et là, des gouvernantes emmenaient des petits groupes qui s'attardaient à se dire adieu.

Il croisa aussi nombre de parents venus chercher leurs enfants. Les mères, très élégantes, se drapaient dans des fourrures de prix. La plupart se cachaient le visage derrière des manchons d'hermine ou de zibeline pour se protéger de la fumée des locomotives.

Lord Saire avait déjà fait un bon bout de chemin, lorsqu'il se rappela qu'il avait oublié de dire quelque chose d'important à Cosnet. Il revint donc sur ses pas et trouva son valet de chambre dans le compartiment, occupé à descendre les sacs et les mallettes du filet. Le valet de d'Arcy Charington était avec lui et en faisait autant avec les bagages de son maître.

Sans monter dans la voiture, lord Saire appela :

– Cosnet!

Le valet de chambre apparut à la portière.

– Qu'y a-t-il, milord?

– Vous vous arrêterez en route chez un fleuriste et vous ferez porter une grosse gerbe de lis à lady Gertrude Lindley. Voici une carte de visite que vous y joindrez.

– Certainement, milord. Ce sera fait, dit Cosnet en prenant la carte de bristol.

Lord Saire s'éloigna, se jurant que c'était bel et bien le dernier bouquet que Gertrude Lindley recevrait de lui!

Cette liaison qui n'avait que trop duré était terminée : elle ne représentait plus rien pour lui. Cela s'était fait soudainement, comme d'ailleurs presque chaque fois pour toutes ses affaires de cœur. Il était incapable de s'en expliquer lui-même et ne comprenait pas pourquoi la même chose se répétait. La femme qui lui avait paru pour quelque temps séduisante et désirable, cessait brusquement de l'être. Sa lassitude et sa désaffection étaient aussi totales que soudaines, et sans raison apparente.

La même chose s'était encore produite, et cette

fois-ci avec Gertrude Lindley, laquelle ne lui avait pas fait la moindre scène ni rien dit de neuf ou de déplaisant.

Elle avait simplement cessé de lui plaire et tout ce qu'il avait trouvé charmant jusque-là, dans les façons de la jeune femme, lui semblait soudain irritant.

Il était incapable de revenir sur ce changement d'humeur : ses sentiments étaient aussi définitifs qu'inexplicables. Son ami d'Arcy Charington se moquait souvent de lui à ce sujet et s'acharnait à lui faire honte de sa versatilité.

Mais lord Saire n'y pouvait rien. Il était ainsi fait. A chaque fois, il constatait qu'après avoir obtenu une femme qu'il désirait, il se sentait déçu, comme s'il avait recherché quelque chose d'impossible.

Il en était ainsi avec Gertrude dont la beauté était pourtant sans égale. Elle paraissait aussi froide que la Reine des neiges quand elle entrait dans un salon, mais au lit, elle était impétueuse comme un volcan et insatiable. Or, elle avait cessé de lui plaire.

Lord Saire, perplexe, songeait tout en avançant au milieu du flot des voyageurs :

« Pourquoi me suis-je encore lassé d'elle, comme de toutes les autres? Pourquoi mes sentiments changent-ils si vite? Ce doit être ma faute. Quel est donc mon problème? Je ne comprends pas pourquoi aucune femme ne me satisfait durablement... »

Il était de ces hommes qui peuvent posséder toutes les femmes s'ils le désirent; et il le savait. Toutes les femmes lui tombaient dans les bras sans qu'il ait à faire un geste, comme le lui avait fait remarquer son ami d'Arcy Charington.

Jamais il n'avait eu besoin de se donner de la peine pour obtenir les faveurs d'une femme ou pour nouer une aventure amoureuse. A peine s'il choisissait l'objet de sa flamme. En revanche, c'était lui qui l'abandonnait délibérément et rapidement – ce qui d'ailleurs n'était pas toujours facile.

« Dieu merci : je pars! », se répétait-il avec soulagement; il lui aurait été terriblement difficile de s'arracher des griffes de Gertrude, laquelle s'était mis en tête de se faire épouser et n'aurait certainement reculé devant rien pour s'assurer de sa proie.

Il marchait lentement, tout à ses pensées. Le quai n'était plus encombré comme au moment de sa descente du train. La plupart des voyageurs étaient déjà sortis de la gare. On ne voyait plus guère que les porteurs poussant leurs chariots de bagages vers les portes. Ils étaient très nombreux. Celui qui avançait devant lui poussait un chariot sur lequel la pyramide des valises était si haute qu'elle cachait toute visibilité.

Soudain, on entendit un cri strident et le porteur s'arrêta si brusquement que lord Saire le heurta.

Les deux hommes firent le tour du chariot en courant pour voir ce qui s'était passé. Une jeune fille gisait à terre.

Se baissant pour l'aider à se relever, lord Saire demanda :

– Etes-vous blessée?

– C'est presque rien... juste mon pied, répondit-elle.

Mais le pied qui dépassait de l'ample jupe saignait et le bas était déchiré. Le porteur se lamentait :

– Je suis désolé, mademoiselle. Je vous assure, je ne vous avais pas vue.

– Ce n'est pas votre faute. Je ne vous ai pas vu, moi non plus. J'aurais dû faire attention. Mais je cherchais de tous les côtés la personne qui devait venir m'attendre à la descente du train.

La jeune fille disait cela avec gentillesse. Sa voix était douce et mélodieuse.

– Pensez-vous pouvoir marcher avec mon aide? demanda lord Saire.

Levant la tête vers lui, elle le regarda en souriant. Il fut frappé par la beauté de ses yeux immenses qui illuminaient un visage très pâle.

Sans un mot, il lui passa les mains sous les aisselles et la remit sur ses pieds le plus doucement possible.

Elle ne put retenir un cri de douleur; mais se dominant, elle déclara courageusement :

– Cela va aller, maintenant. Je suis navrée de vous déranger ainsi.

Lord Saire avait l'air soucieux.

– Je ne pense pas que vous ayez de fracture. Mais on ne sait jamais.

– Non, non, certainement pas, répondit la jeune inconnue d'un ton résolu. Et merci encore pour m'avoir porté secours si aimablement.

Néanmoins, lord Saire s'inquiétait :

– Etes-vous certaine de pouvoir marcher jusqu'à la sortie? Il y a sans doute une voiture qui vous attend?

Elle poussa un soupir.

– Je m'attendais à trouver maman sur le quai en descendant du train. Elle n'est pas venue, mais elle a certainement envoyé une voiture, en effet.

– Dans ce cas, si vous le permettez, je vais vous donner le bras pour vous aider à marcher jusque-là : il n'y a pas beaucoup de chemin à faire. Sans doute pourrait-on réclamer un fauteuil roulant pour vous transporter, mais ce serait long à obtenir.

Elle répondit précipitamment :

– Jamais de la vie! Je peux fort bien marcher. Ne vous dérangez pas.

Il lui offrit son bras et elle se força à marcher; elle avançait lentement en s'appuyant sur lui. Il était évident que son pied la faisait souffrir.

Dans la cour, une multitude de voitures attendaient l'arrivée des voyageurs. Le coupé de lord Saire était là.

Mais la jeune fille eut beau inspecter tous les véhicules, elle ne put en découvrir aucun qui lui fût destiné. Elle soupira et finit par murmurer :

– Je ne vois rien. Je vais demander à un porteur de me chercher un fiacre.

– Non, riposta aussitôt lord Saire, je vais vous conduire chez vous.

– Mais non, je vous en prie. Vous avez déjà été si gentil. Je ne veux à aucun prix vous occasionner encore un dérangement. C'est inutile, dit-elle avec confusion.

– Cela ne me dérange pas du tout, affirma-t-il.

Et il la conduisit vers son coupé. Le laquais, qui portait une élégante livrée marron et un haut-de-forme de la même teinte, se précipita pour tenir la portière ouverte.

Lord Saire aida la jeune fille à monter, puis prit place à côté d'elle. Le laquais installa une couverture de zibeline sur leurs genoux, tandis que le jeune homme demandait :

– Où habitez-vous?

– 92, Park Lane.

Il donna l'adresse au laquais qui referma la portière et donna le signal du départ.

– Vous êtes vraiment très aimable, répétait la jeune fille. Je regrette de m'être conduite aussi étourdiment, j'aurais dû faire attention et voir le chariot. Que c'est bête!

Lord Saire, qui l'observait, dit d'un ton étonné :

– J'ai l'impression que vous n'êtes pas de Londres?

– Il y a plusieurs années que je n'y suis pas venue, en effet, avoua-t-elle.

– Et vos bagages, au fait?

– Le pensionnat a fait le nécessaire pour qu'ils soient livrés directement à domicile. Cela aurait ennuyé maman, si elle était venue me chercher, de devoir attendre que j'aie récupéré ma malle.

– Au fait, peut-être devrions-nous nous présenter? Ce serait plus correct, suggéra lord Saire. Comme vous n'avez pas de bagages, je ne puis me renseigner en lisant votre nom sur les étiquettes, ce que je n'aurais pas manqué de faire autrement, ajouta-t-il malicieusement.

La jeune fille sourit, comme il l'avait espéré. Elle répondit sans hésiter :

– Je m'appelle Bertilla Alvinston.

– Mais je connais Madame votre mère! s'écria-t-il.

– J'ai l'impression que tout le monde connaît maman. Elle est très belle, n'est-ce pas?

– Très, oui, affirma lord Saire.

Lady Alvinston était précisément l'une des « beautés » auxquelles il faisait allusion, quand il évoquait avec son ami d'Arcy Charington ces femmes qui se prenaient pour des divinités olympiennes.

C'était une femme brune, arrogante, que le prince de Galles admirait beaucoup et qui était également admirée par tous les snobs qui calquaient leurs goûts sur ceux de l'héritier du trône. Lord Saire ignorait absolument l'existence de sa fille.

Tout ce qu'il savait de la famille, c'est que sir George Alvinston était mort, fort opportunément, une dizaine d'années auparavant, laissant une veuve qui était l'une des beautés les plus remarquées de la haute société londonienne, entourée d'une foule d'admirateurs.

Lord Saire avait beau chercher dans ses souvenirs, il était certain que jamais personne n'avait entendu souffler mot de l'existence d'un enfant né de ce mariage.

En fait, personne n'avait jamais pensé que lady Alvinston eût l'âge d'avoir une aussi grande fille que Bertilla. Curieux de nature, il demanda :

– Vous rentrez sans doute chez vous pour les vacances scolaires?

– Je viens de terminer mes années de pensionnat.

– Vous devez être contente.

– A la longue, c'était gênant pour moi de rester au collège. Les autres pensionnaires étaient plus jeunes que moi, répondit-elle.

– Quel âge avez-vous donc? s'enquit lord Saire.

Elle détourna la tête, avec un geste de timidité, et répondit :

– J'ai dix-huit ans et demi.

Lord Saire leva les sourcils, stupéfait. Il était d'usage, en effet, pour les jeunes filles de la haute aristocratie, de faire leurs débuts dans le monde peu de temps après leurs dix-sept ans. Et il savait aussi que jamais, dans aucune famille, on n'attendait qu'elles aient un an de plus.

Il n'en dit rien, mais une autre idée lui venant à l'esprit, il demanda encore :

– Je suppose que votre mère sait que vous arrivez ?

– Je lui ai écrit pour l'avertir. Mais maman est tellement occupée qu'il lui arrive parfois de ne pas ouvrir mes lettres.

Une note pathétique et même une nuance de désespoir passèrent, à l'insu de la jeune fille, dans sa voix douce; et ce fut assez pour que lord Saire devine le caractère des rapports existant entre la belle lady Alvinston et sa fille.

– J'ai cru comprendre que vous ne veniez pas passer vos vacances à Londres d'habitude, dit-il.

– Non, je les ai presque toujours passées à Bath, chez ma tante. Mais elle est morte, il y a trois mois; alors je ne peux plus aller chez elle.

– Bien, bien, répondit lord Saire. J'espère que vous vous plairez à Londres. Malheureusement, beaucoup de gens quittent la ville pour les fêtes de Noël.

Une note d'espoir passa dans la voix de Bertilla :

– Alors, peut-être partirons-nous, nous aussi, à la campagne. C'était toujours si merveilleux et si amusant chez nous, du temps de papa. Je pouvais monter à cheval tant que je voulais et, en hiver, il m'emmenait à la chasse. Mais maman n'aime pas la campagne. Elle a toujours préféré vivre à Londres.

– Vous pourrez monter au Parc, lui fit-il observer.

– Oh ! je l'espère bien ! Mais ce sera moins amusant que de galoper à travers champs en toute liberté.

Le ton passionné dont elle avait prononcé ces mots incita lord Saire à mieux la regarder. La jeune fille était toute différente de sa mère dont la beauté sautait aux yeux. Celle de Bertilla était faite de douceur et de sérénité.

Elle était petite toutefois et c'était dommage, car la mode était aux femmes grandes et bien en chair. En vérité, il y avait quelque chose d'encore enfantin dans sa silhouette menue comme dans les traits de son visage.

Elle avait d'immenses yeux gris dans un visage en forme de cœur. Lord Saire qui était un connaisseur, nota tout cela.

On ne voyait pas grand-chose de ses cheveux retenus sous un petit chapeau disgracieux, mais ils étaient d'un blond très pâle et frisaient naturellement.

Elle avait de superbes cils assez foncés qui ombrageaient un regard chargé encore de l'innocence et de la confiance de l'enfance. Lord Saire ne pouvait s'empêcher de penser que, s'il s'était trouvé, comme il l'était en cet instant-là avec Bertilla, seul dans une voiture avec une autre femme, celle-ci aurait immanquablement profité de la situation pour flirter. Elle aurait eu recours à tous ses charmes, à toutes ses armes : non seulement les mots, mais aussi les gestes, les yeux, les lèvres. C'eût été le branle-bas de combat.

Bertilla, elle, restait absolument naturelle, à tel point qu'elle le traitait comme si elle ne s'était pas aperçue qu'il était du sexe opposé.

Lord Saire rompit enfin le silence :

– Vous ne portez pas l'uniforme des pensionnaires?

Bertilla rougit, puis finit par balbutier avec gêne :

– J'ai trop grandi l'année dernière. Je ne tenais plus dedans... Et comme maman trouvait que c'était dommage de gaspiller encore de l'argent pour en acheter un autre, ma tante m'acheta, à Bath, les vêtements que j'ai sur moi.

Il détailla d'un rapide coup d'œil la tenue de la jeune fille. C'était un ensemble bien sage, fait dans un bon lainage bleu foncé. Il y avait bien une tournure, mais si discrète qu'elle faisait à peine bouffer la jupe. C'était bien là le genre de toilette choisi par une vieille tante de province!

Elle n'avantageait nullement la jeune fille, mais lui donnait un air pathétique. « A moins, pensa lord Saire, que cette impression ne vienne de ses yeux immenses qui mangent son visage si pâle. L'accident qu'elle vient d'avoir doit y être pour quelque chose. »

– Votre pied vous fait-il souffrir? demanda-t-il avec sollicitude.

– Non, je ne sens presque plus rien, je vous remercie. C'est vraiment gentil de me ramener chez moi. Vous avez des chevaux magnifiques.

– Je suis plutôt fier de mon écurie, avoua-t-il en souriant, heureux de cette remarque.

– Vous n'utilisez jamais de fausses-rênes? s'enquit la jeune fille en fixant sur lui un regard inquiet, comme si elle avait peur de sa réponse.

– Jamais! fit-il, indigné.

Bertilla poussa un soupir de soulagement.

– Cela me fait plaisir. Je trouve que c'est de la dernière cruauté. Maman prétend que cela met les chevaux en valeur, et par conséquent... leurs propriétaires.

Lord Saire réprouvait tout autant que Bertilla cette manière d'atteler les chevaux, manière cependant très en vogue à Londres dans la petite élite des nobles propriétaires qui rivalisaient entre eux par l'élégance de leurs voitures et de leurs attelages. Les femmes tenaient tout particulièrement à l'emploi de cette pièce de harnachement qui obligeait les bêtes à bomber le poitrail et à tenir la tête levée, mais qui les gênait beaucoup au bout d'une heure ou deux de marche, si elle était trop serrée. Il avait toujours trouvé très cruel l'emploi des fausses-rênes.

Bertilla interrompit ses réflexions :

– Est-ce que vous montez au Parc? demanda-t-elle.

– Presque tous les matins, oui, lorsque je suis à Londres. Malheureusement, je ne pense pas que nous nous y rencontrions, car je suis sur le point de partir.

Elle répondit aussitôt sans réfléchir :

– Ce n'était pas à cela que je pensais en vous posant cette question. J'espérais que, si vous connaissiez bien le Parc, vous pourriez peut-être m'indiquer les endroits où l'on peut piquer un galop loin des regards des cavaliers qui font de l'équitation par snobisme.

« Ainsi, c'était seulement cela qui l'intéressait », se dit lord Saire qui s'amusait en son for intérieur de sa méprise : il avait cru que la jeune fille souhaitait le revoir. Mais, de toute évidence, cette idée ne lui avait même pas traversé l'esprit.

– En principe, cela ne se fait pas à Hyde Park. Je dois même vous avertir : galopez sur Rotten Row et vous serez déconsidérée. On juge cela très mal dans la bonne société. Si vous avez envie de faire galoper votre monture, il faut passer le pont et aller de l'autre côté de la Serpentine : là, personne ne vous verra.

– Je suis contente que vous m'ayez dit cela. Merci. C'est exactement ce que je désirais savoir. Encore faut-il que maman me permette de monter. Je ne sais si elle le voudra.

Il se mit aussitôt en devoir de chasser cette crainte car la passion de la jeune fille pour les chevaux lui était fort sympathique.

– Il est évident qu'elle vous le permettra. J'ai souvent vu monter lady Alvinston : elle a une allure superbe.

Bertilla répondit sur un ton d'admiration ardente :

– Oh! maman est toujours superbe, quoi qu'elle fasse. Mais elle se lasse vite. Elle trouve ennuyeuses les promenades à cheval et nous laissait souvent partir seuls, papa et moi.

« Ce devait être en effet beaucoup plus amusant ainsi pour l'enfant et son père », pensa lord Saire.

Aussi lui demanda-t-il d'un ton plein de bonté :

– Votre père vous manque beaucoup, n'est-ce pas?

– Il me manifestait tant d'affection! Il voulait que je sois toujours avec lui, partout. Il était si heureux de me voir!

Le sous-entendu était si clair que lord Saire se sentit bien embarrassé pour répondre. Mais, avant qu'il ait trouvé quoi dire, les chevaux étaient arrivés à la hauteur du 92, Park Lane.

– Vous voici chez vous. J'espère que votre mère sera heureuse de vous voir, dit-il en souriant.

– Je l'espère aussi. Encore mille fois merci pour votre grande amabilité.

Déjà le laquais ouvrait la portière du coupé. Mais Bertilla poursuivit :

– Au fait, je vous ai dit mon nom. Mais j'ignore toujours le vôtre. J'aimerais pourtant pouvoir vous écrire pour vous remercier.

– Il est tout à fait inutile de prendre cette peine. Mais sachez toutefois que mon nom est Theydon Saire.

Il avait sauté à terre tout en parlant et aida Bertilla à descendre.

Elle avait un peu de difficulté à marcher car cela la faisait souffrir de poser sa jambe blessée. Lorsque la porte de la maison s'ouvrit, elle tendit la main à lord Saire et répéta :

– Encore merci. Vous avez été vraiment très gentil. Je vous suis infiniment reconnaissante.

– Je l'ai fait avec plaisir, répondit-il en soulevant son chapeau.

Il resta un moment sur le trottoir tandis que la jeune fille pénétrait chez elle. Il était songeur.

« Puisque personne n'est allé l'attendre à la gare, pensait-il, il y a toutes les chances du monde pour que cette jeune fille ne soit pas accueillie avec joie dans la maison de lady Alvinston. »

En entrant dans le hall, Bertilla vit le vieux maître

d'hôtel qu'elle connaissait depuis sa petite enfance et elle lui adressa un grand sourire.

– Comment allez-vous, Maidstone? demanda-t-elle.

– Je suis heureux de vous voir, miss Bertilla. Mais c'est une surprise. Vous n'étiez pas attendue.

– Pas attendue! Comment cela? Alors, maman ne doit pas avoir reçu ma lettre. Pourtant, elle n'ignore pas que le pensionnat ferme pendant les vacances de Noël; et elle sait que je ne peux plus aller chez ma pauvre tante Margaret.

– Bien sûr, mademoiselle, c'est évident. Mais milady ne nous a absolument rien dit à votre sujet. J'ai l'impression que votre lettre n'a pas dû lui parvenir.

– Oh! Mon Dieu! s'écria Bertilla. Dans ce cas, il vaut mieux que je monte tout de suite la voir. Est-elle réveillée?

Il n'était que midi et elle savait que, souvent, sa mère ne se levait qu'à l'heure du déjeuner.

– Milady a sonné il y a une heure environ, miss Bertilla. Vous pouvez monter, mais elle va être très étonnée de vous voir, répondit le maître d'hôtel.

Bertilla comprit, au ton de sa voix, qu'il cherchait à la mettre en garde et ce fut avec appréhension qu'elle entreprit de monter le large escalier de la maison paternelle.

Il y avait beaucoup de changements et de transformations depuis son dernier séjour, du vivant de son père.

Les tapis étaient neufs, les murs repeints, et la décoration refaite. Il y avait de grands vases avec des gerbes de fleurs de serre dans le hall et sur le palier. Son père aurait certainement réprouvé ce luxe extravagant.

Elle passa devant les portes du grand salon, puis commença à monter les marches du second étage; mais elle ralentit l'allure, son pied blessé la faisant souffrir de plus en plus.

Son cœur battait très vite : elle redoutait ce qui

l'attendait. « C'est ridicule, ma pauvre fille, d'avoir peur de ta mère. » Mais elle savait qu'elle n'y pouvait rien : il en avait toujours été ainsi.

Elle frappa un coup timide à la porte de la chambre. Elle aurait bien voulu être encore au pensionnat avec la seule et unique perspective des cours du lendemain.

– Entrez! cria lady Alvinston d'une voix dure.

Bertilla poussa doucement la porte.

Sa mère était, comme elle s'y attendait, assise dans son lit, adossée contre ses oreillers de dentelle. Une couverture d'hermine était jetée sur ses jambes. Elle portait une ravissante liseuse de mousseline rose et de dentelle qui s'accordait à merveille avec son teint laiteux et ses cheveux sombres.

Elle était en train de lire son courrier, une grosse pile de lettres à côté d'elle. Au moment où Bertilla pénétra dans la pièce, elle venait d'arriver au bas d'un feuillet et releva la tête.

En voyant sa fille, elle sursauta, comme si un insecte l'avait piquée, puis s'exclama :

– Comment? C'est vous! Je croyais que vous n'arriviez que demain.

Sa voix sèche révélait une irritation flagrante.

– Non, maman, c'est aujourd'hui, comme je vous l'ai annoncé dans ma lettre, répondit Bertilla tranquillement.

– Je l'ai perdue. J'avais tant de choses à faire.

– Oui, bien sûr, maman, répondit la jeune fille en s'approchant du lit.

– Pourquoi boitez-vous? s'enquit sa mère d'un ton sec.

– Je me suis fait renverser par un chariot à bagages sur le quai. C'est stupide. Je ne l'avais pas vu venir.

– Ce n'est pas surprenant : vous ne faites jamais attention à rien. J'espère que vous n'avez pas fait d'esclandre, au moins?

– Non, maman, naturellement. Heureusement un

monsieur a été très aimable. Il m'a aidée à me relever et m'a amenée à la maison dans son coupé.

– Un monsieur? répéta sa mère d'une voix glaciale.

– Oui, maman.

– Qui était-ce?

– Il m'a dit s'appeler Saire, Theydon Saire.

Lady Alvinston poussa un cri.

– Lord Saire? Quelle catastrophe! Jamais je n'aurais pensé que vous risquiez de le rencontrer.

Les yeux de lady Alvinston étaient fulgurants. Bertilla s'empressa d'expliquer :

– Je suis désolée, maman, ce n'est pas ma faute. C'est lui qui s'est proposé. Et comme vous n'aviez pas envoyé la voiture à la gare...

– Je vous ai déjà dit que j'étais persuadée que vous arriviez demain. C'est extrêmement ennuyeux que vous ayez rencontré lord Saire.

– Mais pourquoi? s'étonna Bertilla.

Lady Alvinston ne répondit pas tout de suite. Elle inspectait sa fille des pieds à la tête et s'attarda sur son joli visage encore enfantin, avec ses boucles blondes qui l'encadraient et sortaient du minable petit chapeau démodé.

– Lui avez-vous dit qui vous étiez? demanda-t-elle après avoir réfléchi un instant.

– Oui. Il m'a demandé mon nom et il m'a dit qu'il vous connaissait bien.

Lady Alvinston eut de la peine à refréner les invectives qui lui montaient instinctivement aux lèvres, et un juron lui échappa.

Bertilla ouvrit de grands yeux, stupéfaite : jamais elle n'eût imaginé entendre de tels mots dans la bouche de sa mère. Elle ne put s'empêcher de s'écrier sur un ton réprobateur :

– Oh! maman...

– Je vous affirme, moi, qu'il y a de quoi jurer. Oui, n'importe qui en dirait autant à ma place. Enfin, petite sotte, vous n'avez donc pas encore compris : je ne veux pas que l'on sache que j'ai une fille... Personne, et à plus forte raison lord Saire.

Comme Bertilla n'osait rien dire, sa mère poursuivit du même ton rageur :

– Il va aller le raconter à Gertrude Lindley qui se fera un malin plaisir de le répéter au monde entier. Elle a toujours été jalouse de moi.

– Je suis vraiment navrée, maman. Je ne savais pas que vous vouliez dissimuler mon existence aux yeux de vos amis et connaissances.

– Pour l'amour de Dieu! s'exclama lady Alvinston, vous devriez avoir assez de bon sens pour comprendre que je ne peux vraiment pas avouer être la mère d'une fille de dix-huit ans. Je dis que j'ai trente ans, quand par hasard quelqu'un d'assez mal élevé me demande mon âge. Mais je ne veux à aucun prix passer pour plus âgée.

– Je suis désolée, maman, répéta Bertilla, la tête basse.

Lady Alvinston ne décolérait pas.

– J'aurais bien dû me douter que vous alliez faire du gâchis en venant à Londres. Vous avez toujours été stupide. Si vous aviez un brin de cervelle, vous ne lui auriez pas dit votre nom et vous auriez inventé quelque chose...

– Si j'avais pu savoir... Quel dommage que vous ne m'ayez pas dit... ce que vous vouliez que je fasse, dit Bertilla d'une toute petite voix.

– A franchement parler, je n'avais pas pensé un instant que vous pouviez rencontrer l'un de mes amis. J'ai pris toutes les dispositions nécessaires pour qu'ils ne vous voient pas.

Bertilla garda le silence et au bout d'un moment sa mère reprit d'un ton dur :

– Et puis, comment avez-vous osé faire le trajet seule en voiture avec lord Saire? Vous étiez tout de même capable de comprendre qu'il vous fallait prendre un fiacre.

Bertilla essaya de se défendre :

– Mais c'est ce que je pensais faire et je l'ai dit à lord Saire. Mais il n'a pas voulu en entendre parler. Il m'a dit qu'il tenait à me reconduire chez moi. Alors, comme il s'était montré gentil en voyant que j'étais blessée...

Lady Alvinston répondit comme si elle se parlait à elle-même :

– Il ne vous aurait pas proposé cela s'il vous avait considérée comme une grande jeune fille, j'en suis certaine. Il a dû croire que vous étiez encore une enfant. En effet, vous ne paraissez pas vos dix-huit ans.

Malheureusement, Bertilla gardait le souvenir d'avoir dit la vérité, lorsque lord Saire lui avait demandé son âge, et elle se sentit mal à l'aise. Sa mère semblait si furieuse qu'elle préféra se taire.

Certes elle eût été incapable de mentir, si sa mère le lui avait ouvertement demandé. Mais elle savait depuis toujours qu'il était imprudent de renseigner spontanément lady Alvinston. Les réactions de sa mère, aussi imprévisibles que redoutables, lui avaient appris qu'il valait mieux se taire, sinon les choses les plus anodines se retournaient invariablement contre elle.

Un peu apaisée, lady Alvinston se mit à marmonner, comme si elle parlait toute seule :

– Voyons... voyons... Si je vous avais eue à dix-sept ans... cela vous ferait aujourd'hui... quatorze ans... et j'aurais... trente et un ans...

Elle interrompit ses calculs pour jeter un regard critique sur sa fille avant de poursuivre :

– Vous pouvez passer pour avoir quatorze ans. Vous êtes si petite et si insignifiante ! Bien ! c'est l'âge que je vous donnerai, Bertilla, si jamais quelqu'un me parlait de vous.

Elle revint à son courrier et saisit une lettre qui traînait sur son lit, puis elle déclara d'un ton sec qui mettait fin à l'entretien :

– Voilà qui est arrangé. D'ailleurs, vous n'allez pas

rester ici bien longtemps. Et maintenant, tout ce qu'il vous reste à faire, c'est de disparaître de ma vue.

Mais la réflexion de sa mère n'avait pas échappé à Bertilla qui prit son courage à deux mains pour demander :

– Est-ce que je vais partir quelque part, maman?

– Oui, après-demain. Vous irez vivre auprès de votre tante Agatha, la sœur aînée de votre père.

Bertilla eut l'air égaré.

– Tante Agatha! Mais... mais, je croyais qu'elle...

– Oui, Agatha est missionnaire, comme vous le savez, Bertilla. Et j'ai décidé que vous embrasseriez la même cause.

– Vous... vous voulez dire... que vous voulez que je me fasse missionnaire... moi aussi? demanda la jeune fille d'une voix tremblante.

– Et pourquoi pas? Il me semble que c'est une occupation très honorable. Et votre tante est fixée à Sarawak (1), comme vous le savez.

– Oui, murmura du bout des lèvres Bertilla.

– J'ai écrit à Agatha, après la mort de votre tante Margaret, pour lui annoncer mon intention de vous envoyer vivre avec elle, dès votre sortie de pension, expliqua lady Alvinston d'un ton catégorique.

– Et... elle accepte de me prendre? balbutia la jeune fille.

– Sa réponse ne m'est pas encore parvenue, car le courrier avec Sarawak est très lent. Mais je sais qu'elle sera très heureuse de vous accueillir.

– Comment pouvez-vous en être si certaine, maman? questionna Bertilla, inquiète.

Lady Alvinston ne répondit pas. Et Bertilla se décida à demander :

– De quand datent les dernières nouvelles que vous avez reçues de tante Agatha, maman?

– Vous ne voudriez tout de même pas que je me

(1) Sarawak : Ile de Malaisie, située au sud-ouest de Bornéo. Colonie britannique.

souvienne de la date de toutes les lettres que je reçois? rétorqua lady Alvinston. Agatha a toujours écrit à votre père pour Noël, chaque année.

Bertilla dit doucement :

– Mais... cela fait dix ans que papa... est mort.

Lady Alvinston jeta un regard noir à sa fille. Devant son visage angoissé et ses yeux brouillés de larmes, son expression se durcit encore. Elle prit une voix sévère pour intimer silence :

– Cessez de me rebattre les oreilles, Bertilla.

– Mais.. maman...

– Je n'ai nullement l'intention d'écouter vos arguments. C'est le seul endroit où vous puissiez aller, maintenant que votre tante Margaret est décédée, coupa lady Alvinston en martelant les mots. (Elle fit une courte pause avant d'ajouter :) Vous allez faire le tour du monde; la plupart des jeunes filles considéreraient qu'elles ont beaucoup de chance. Et vous aimerez voyager. J'ai toujours entendu dire que cela élargissait l'esprit.

– Est-ce que je devrai rester... définitivement à Sarawak, toute ma vie... maman?

– Vous n'aurez certainement jamais assez d'argent pour vous payer le voyage de retour, répliqua sa mère. Cela me coûte extrêmement cher de vous envoyer aussi loin. Surtout qu'il va vous falloir aussi quelques vêtements; pas beaucoup, certes, car on n'a pas besoin d'être élégamment habillé quand on va dans un endroit où il n'y a que des indigènes pour vous regarder...

Bertilla se tordait les mains et, elle ajouta dans un effort pour fléchir sa mère :

– Maman, je vous en prie, écoutez-moi : je n'ai pas envie de vivre avec tante Agatha. Quand j'étais petite, elle me faisait peur... je m'en souviens encore. Et papa disait toujours qu'elle était fanatique.

– Votre père disait toutes sortes de sottises que vous auriez mieux fait de ne pas retenir. Vous partirez vivre auprès de votre tante, Bertilla, que cela vous plaise ou non. Je ne veux pas de vous ici.

– Mais il y a certainement des cousins de papa qui accepteraient de m'accueillir chez eux, insista la jeune fille, désespérée.

– Tous les gens qui pourraient vous donner l'hospitalité habitent Londres. Or, comme je viens de vous le dire, je ne veux pas de vous ici. Mettez-vous donc une fois pour toutes dans la tête, Bertilla, que je ne veux pas être ridiculisée par l'existence d'une fille bonne à marier!

Tout en parlant, elle s'était retournée vers sa coiffeuse et contemplait son image dans le miroir avec une orgueilleuse satisfaction : ses beaux cheveux noirs et la perfection de sa peau blanche et satinée que le rose de sa liseuse mettait en valeur. Puis elle reprit :

– Vous êtes assez âgée pour comprendre que j'espère bien me remarier un jour ou l'autre. Alors, sachez que rien ne fait fuir plus sûrement un homme que les enfants d'un précédent mariage.

– C'est une chose que je comprends parfaitement, maman. Mais ne me faites pas quitter l'Angleterre... je vous en prie. Ne pourrais-je pas aller vivre chez nous, à la campagne? Personne ne saurait que je suis là; et les vieux domestiques s'occuperaient de moi. Vous n'auriez aucun souci.

– Ce n'est pas possible. J'ai l'intention de rouvrir le château d'Alvinston Park cet été. A l'heure actuelle, tout le monde reçoit à la campagne pendant les week-ends et j'ai des amis que je veux pouvoir inviter. (Lady Alvinston soupira avant d'ajouter :) Enfin, si j'ai assez d'argent pour le faire.

– Dans ce cas, je pourrais bien aller quelque part... ailleurs, maman. Je ne vous coûterais pas bien cher, à la campagne.

– Ma réponse est non, Bertilla. Et je n'admets aucune discussion. Ma décision est prise. Je me suis arrangée pour trouver assez d'argent pour vous envoyer à Sarawak; et c'est là où vous irez et où vous resterez! déclara lady Alvinston avec la dernière fermeté.

– Mais enfin, maman! protesta encore Bertilla avec désespoir.

Alors sa mère s'écria :

– Allez-vous-en et laissez-moi tranquille. Vous feriez mieux d'aller préparer les affaires qui vous appartiennent. Je demanderai à Dawkins de vous accompagner cet après-midi pour faire vos achats, car je pense que vous ne devez plus avoir de robes d'été mettables. Il fait très chaud à Sarawak. Mais vous n'achèterez rien de coûteux.

Tout en parlant, lady Alvinston avait agité une sonnette à côté de son lit. Presque aussitôt, la porte s'ouvrit et une femme assez âgée, avec un visage aux joues creuses, entra.

– Voici miss Bertilla, Dawkins. Elle n'est pas arrivée le jour où je voulais. Il fallait s'y attendre. Mais cela vous donnera deux après-midi pour lui procurer tout ce dont elle a besoin, dit lady Alvinston.

– Je ferai de mon mieux, milady. Mais vous savez tout aussi bien que moi que nous ne trouverons pas de toilettes d'été en cette saison de l'année.

– Faites ce que vous pourrez et surtout ne dépensez pas trop d'argent.

Au ton dont ces mots avaient été prononcés, il était facile de comprendre que, pour elle, cette affaire était réglée. Elle avait repris sa lecture pour signifier à sa fille qu'elle la congédiait.

Bertilla quitta la pièce et se rendit dans la petite chambre qui avait été autrefois la sienne, sur le même palier. Mais elle était encombrée par de grosses armoires et servait désormais de garde-robe à sa mère. Elle finit par apprendre, non sans chagrin, qu'elle devait coucher dans une des chambres du dernier étage, à côté des domestiques.

Elle ne s'en étonna pas trop toutefois car, après la conversation qu'elle venait d'avoir avec sa mère, plus rien ne pouvait la bouleverser. D'ailleurs elle s'attendait à être traitée exactement de cette manière. Bertilla avait toujours su que sa mère ne l'aimait pas et qu'elle lui en voulait même d'exister.

Elle se laissa tomber sur le lit avec désespoir. Elle se sentait complètement rejetée. Il n'y avait rien là de bien nouveau. Depuis la mort de son père, elle n'était plus qu'un encombrement pour sa mère.

Elle avait passé toutes ses vacances chez sa tante à Bath et quand elle était en pension sa mère ne lui écrivait jamais.

Elle ne lui envoyait pas de vêtements, sauf si la directrice lui en réclamait formellement. Les uniformes, les livres et les fournitures scolaires étaient obligatoires. Mais elle ne recevait rien d'autre.

Non, se sentir rejetée par sa mère, ce n'était pas nouveau pour Bertilla. « Mais Sarawak, pensait-elle, maman ne pouvait pas trouver d'endroit plus éloigné pour m'exiler, ni de moyen plus radical pour se débarrasser de moi... »

Elle avait conservé un souvenir plutôt angoissant de la tante Agatha : c'était une femme dure, d'aspect sévère, que son père n'aimait pas et qui terrorisait sa jeune sœur Margaret enfant. Celle-ci aurait bien eu l'occasion de se marier, mais sa sœur l'en avait empêchée. Elle avait souvent expliqué en riant :

– Agatha me trouvait trop frivole, figure-toi, Bertilla ! Elle méprisait le monde et passait son temps à prier. Et elle entrait dans de terribles colères lorsque je voulais aller danser.

Bertilla ne pouvait s'empêcher de frissonner en évoquant les paroles de sa pauvre tante Margaret.

« Quel genre de vie vais-je mener avec tante Agatha ? », se demandait-elle avec angoisse.

Or, elle savait qu'une fois à Sarawak elle ne pourrait plus jamais revenir en Angleterre.

2

– Inutile de nous entêter, Dawkins, déclara Bertilla en sortant de la boutique, les mains vides une fois de plus.

Elles avaient déjà fait cinq magasins sans avoir trouvé aucune des robes légères qu'il fallait. Dawkins fit remarquer d'un ton bougon :

– Je l'avais bien dit à Milady... A cette époque de l'année, nous ne trouverons rien. Il n'y a plus de robes d'été nulle part.

Bertilla comprit que la vieille servante commençait à être fatiguée. Elle devenait de plus en plus irritable et s'était montrée franchement désagréable avec les dernières vendeuses sans pouvoir obtenir ce que la jeune fille cherchait. Ce n'était pourtant pas la faute des demoiselles de magasin : elles faisaient de leur mieux, malgré leur maigre salaire et l'affluence des clients au moment des fêtes de fin d'année.

Mais, au mois de décembre, il était tout à fait impossible de trouver dans les grands magasins de Londres le genre de robes que l'on porte dans les pays tropicaux. De toute manière, Bertilla était beaucoup trop menue et toutes les robes de confection qu'elle aurait pu trouver étaient taillées pour de grandes femmes, nanties d'une poitrine généreuse, et les corsages baleinés étaient conçus pour leur donner le port élégant et altier alors à la mode.

– Il vaut mieux que nous achetions de l'étoffe, Dawkins. Je confectionnerai moi-même quelques robes pendant le voyage : c'est la seule solution, déclara Bertilla d'une voix douce.

Elles se frayaient un passage parmi la foule. Au bout de quelques instants, elle soupira :

– J'en aurai largement le temps!

Les tristes pensées qui l'avaient agitée toute la nuit

lui revinrent. Comment allait-elle se débrouiller pendant ce long voyage?

Son père l'avait déjà emmenée en Ecosse et même à l'étranger. Mais de là à affronter seule les complications d'un périple aussi long...

« Dans des conditions normales, quelle merveilleuse aventure cela aurait été! Si je n'étais pas seule... Si je voyageais avec quelqu'un comme papa... », pensait inlassablement Bertilla.

Oui, en compagnie de son père qu'elle aimait tant, le voyage aurait été tout autre. Mais elle ne faisait cette longue traversée en mer que pour rejoindre sa tante Agatha, et Bertilla avait l'impression d'être précipitée dans un interminable cauchemar dont elle ne se réveillerait jamais.

A force de penser à l'affreuse solitude morale qui l'attendait quand elle serait réduite à vivre en la seule compagnie de sa tante et à prétendre avoir une vocation de missionnaire, elle en était venue à éprouver un violent désir de fuir là où sa mère ne pourrait la retrouver. Mais c'était une chimère sans espoir : elle n'avait pas d'argent et était incapable de gagner sa vie.

Elle n'avait pas manqué d'observer les demoiselles de magasin et leur mauvaise mine. Elles avaient toutes de grands cernes comme des personnes qui ne mangent pas à leur faim.

La raison en était la vie malsaine qu'elles menaient et leurs salaires de misère, ainsi que le lui avait appris la lecture des journaux : en effet Bertilla avait toujours cherché à se tenir au courant de l'actualité politique et des questions économiques auxquelles s'intéressait son père.

Elle était, par là, très différente de ses camarades de pensionnat et des jeunes filles de son âge qui n'avaient qu'un seul souci : se marier au plus vite.

Dès qu'elles quittaient le pensionnat et se trouvaient enfin lâchées dans le monde, les hommes et le moyen de les séduire devenaient leur principal sujet de conversation.

Elles étaient capables de glousser pendant des heures au sujet d'un homme qu'elles avaient croisé pendant la promenade ou de faire des gorges chaudes d'un mince incident survenu au cours de leurs vacances et auquel un jeune homme avait été mêlé. Bertilla trouvait ce genre de conversation très fastidieux.

Elle avait toujours pensé qu'elle se marierait un jour, mais il existait beaucoup trop de choses intéressantes à lire ou à discuter pour perdre son temps à parler de tous les hommes susceptibles de devenir des maris.

Bertilla savait depuis longtemps, même avant qu'elle lui en ait parlé, que sa mère se remarierait. Les commérages des domestiques au sujet des « admirateurs » de lady Alvinston avaient commencé dès la fin du deuil et étaient parvenus aux oreilles de la jeune fille.

En outre, sa tante Margaret s'était toujours renseignée avec une insatiable curiosité sur les réceptions auxquelles lady Alvinston assistait et dont elle ne manquait jamais de lire les comptes rendus dans les journaux. Elle répétait constamment à Bertilla :

– Votre mère est si jolie, ma chérie! Raisonnablement, on ne peut attendre d'elle qu'elle demeure seule par fidélité à la mémoire de son mari.

– Non, bien sûr, répondait Bertilla.

Néanmoins, elle ne pouvait s'empêcher, au fond d'elle-même, d'éprouver la pénible impression d'être déloyale envers son père en acceptant de voir sa mère prendre un autre mari. Malheureusement, elle avait compris dès sa plus tendre enfance, que, si son père adorait sa mère dont il était très fier, ce sentiment n'était nullement partagé par lady Alvinston. D'autres choses et d'autres gens retenaient son intérêt et l'amusaient beaucoup plus que l'amour de son mari.

Sir George acceptait avec résignation la conduite de son épouse et vivait seul avec sa fille à la campagne, pendant que lady Alvinston habitait Londres. Bertilla avait deviné bien vite que ses parents n'étaient guère époux que de nom. Elle se souvenait aussi des petites pointes perfides que ne manquaient jamais de lancer les visiteurs du château d'Alvinston Park pendant l'absence de sa mère.

Invariablement, les bonnes âmes s'exclamaient en haussant les sourcils d'un air faussement surpris, et avec une méchanceté calculée :

– Millicent est encore à Londres? C'est vrai : elle n'a jamais aimé la campagne... Heureusement qu'il y a le duc pour veiller sur elle : cela doit vous rassurer, mon cher George...

Et quand ce n'était pas le duc, c'était lord Rowland, ou lord Hampden ou bien l'un des grands noms qui figuraient de façon répétée dans les bulletins de la Cour.

Bertilla avait admis comme une chose inévitable que la beauté de sa mère suscitât autour d'elle une multitude d'admirateurs et qu'elle choisît, parmi eux, celui qui lui convenait le mieux. Mais jamais elle n'avait supposé qu'un second mariage dût signifier, pour elle-même, une expulsion aussi radicale. Et, toute la nuit, elle s'était répété avec stupeur et indignation :

« Comment pourrais-je supporter d'être chassée de la maison de ma mère et même d'Angleterre ? »

Tout en marchant, cet après-midi-là, dans Regent Street, la plus élégante des rues de Londres, en compagnie de Dawkins, la jeune fille se disait avec nostalgie qu'il lui fallait bien regarder autour d'elle car tout cela ne serait bientôt plus que des souvenirs.

Elles terminèrent leurs achats et rentrèrent chargées de quelques métrages de mousseline, de soierie bon marché et de toutes les fournitures, rubans, passementeries et broderie anglaise nécessaires à la confection des robes de Bertilla.

En montant l'escalier avec les paquets, la jeune fille déclara de sa voix douce à la vieille domestique :

– Vous m'avez bien aidée, Dawkins, et je vous en remercie.

Dawkins avait retrouvé sa bonne humeur à la perspective de la bonne tasse de thé bien fort qui l'attendait. Elle sourit :

– Vous savez ce que je vais faire, miss Bertilla? Je vais chercher tous les colifichets dont Milady ne se sert plus. Il y a toutes sortes de ceintures, de cols, de rubans, de galons et de jolies garnitures dont vous pourrez tirer parti, j'en suis sûre.

– Comme c'est gentil, Dawkins! répondit Bertilla en souriant.

Lady Alvinston était sortie. Bertilla retira son manteau et son chapeau et redescendit dans la petite salle à manger où l'on se tenait lorsqu'il n'y avait pas d'invités.

Le portrait de son père était accroché au-dessus de la cheminée. Elle contempla le beau visage intelligent et, une fois de plus, répéta, comme elle l'avait fait mille fois :

– Comme je voudrais que papa soit encore vivant! (Puis, s'adressant à lui :) Que vais-je devenir, papa? Comment vivre avec tante Agatha? Sarawak est si loin d'ici... si terriblement loin!

Elle restait là, désemparée, attendant une réponse. A la fin, elle soupira, songeant que son père aurait attendu d'elle qu'elle se montre courageuse, dans les circonstances présentes comme en toute autre. Jamais, elle ne lui avait laissé voir ses craintes, lors d'une chasse ou quand il fallait sauter une haie trop haute. Ce qui lui arrivait était encore beaucoup plus terrifiant. Elle n'avait pourtant pas le droit d'avoir peur et devait affronter l'avenir avec courage.

Elle chercha dans la bibliothèque des livres pour le voyage, peut-être des ouvrages sur la lointaine région du monde où elle était expédiée. Mais elle ne découvrit rien d'autre qu'une biographie de sir Stamord Raffles, le fondateur de Singapour.

– Si j'en ai le temps, j'irai à la librairie Mudies voir si je puis trouver quelque chose, murmura-t-elle.

Elle regrettait maintenant de ne pas y avoir songé pendant qu'elle faisait ses courses avec Dawkins, car il était trop tard pour demander à la domestique d'aller jusqu'à Mount Street. Elle devait se reposer en prenant son thé et serait furieuse de devoir sortir de nouveau dans la nuit et le froid. Bertilla haussa les épaules et conclut :

– Il y aura peut-être des livres intéressants sur le bateau.

Une sorte d'angoisse l'envahissait à la veille d'entreprendre un tel voyage toute seule, sans personne pour l'aider ou la conseiller. Elle ne pouvait s'empêcher de trouver la conduite de sa mère extraordinaire : il était surprenant qu'elle la fasse voyager sans chaperon.

En y réfléchissant, elle se souvint que les missionnaires ont leurs propres règles et doivent donc, tout comme les religieuses, aller partout dans le monde sans protection et se débrouiller seules. Or, n'était-elle pas supposée être une missionnaire?

Elle choisit encore quelques volumes et s'apprêtait à emporter sa provision de lecture dans sa chambre quand lady Alvinston arriva dans la pièce. Bertilla se retourna avec un sourire pour accueillir sa mère, mais l'expression de son visage la cloua sur place.

Lady Alvinston était splendide sous son large chapeau orné de plumes d'autruche d'un rouge flamboyant, avec sa pelisse de fourrure et ses pendants d'oreilles en diamant. Mais elle fixait sur sa fille un regard noir de colère.

– Comment avez-vous osé dire votre âge à lord Saire? dit-elle d'une voix furieuse.

Bertilla sursauta et devint toute pâle.

– Il... il... me l'a demandé, bredouilla-t-elle

– Et vous, petite sotte, vous lui avez dit la vérité, comme une pauvre d'esprit! s'exclama lady Alvinston très en colère.

Elle retira ses longs gants de peau tout en poursuivant d'un ton presque haineux :

– J'aurais bien dû me douter que c'était aller au-devant d'ennuis de vous garder ici deux jours. Vivement que vous ne soyez plus dans mes jambes : plus vite vous aurez quitté le pays et mieux cela vaudra.

– Je suis désolée, maman, balbutia Bertilla.

– Il y a de quoi! Vous pouvez imaginer ce que j'ai ressenti quand lord Saire m'a demandé de vos nouvelles et a voulu savoir si j'avais le projet de vous présenter à la Cour au printemps! Heureusement, j'ai l'esprit vif : pas comme vous. Je me suis récriée : « Présenter Bertilla? Quelle idée! elle est encore beaucoup trop jeune. Qu'est-ce qui a pu vous faire croire cela, milord?

» Il m'a jeté un regard plein de suspicion avant de répondre : « Elle m'a dit qu'elle avait dix-huit ans et qu'elle en avait terminé avec le pensionnat. »

» Alors je me suis forcée à rire aux éclats en dépit de ma colère; j'avais vraiment envie de vous étrangler. J'ai répondu : « Vous ne l'avez certainement pas bien regardée, mon cher ami, si vous avez cru ce qu'elle vous disait! En réalité, Bertilla a quatorze ans; mais elle est comme toutes les fillettes, elle veut se vieillir... »

» Et, comme il me regardait d'un air étonné, j'ai poursuivi : « Si elle vous avait dit la vérité, elle vous aurait appris qu'elle s'était très mal conduite au pensionnat et qu'elle venait d'être mise à la porte... Mais ma petite fille est très menteuse, je le crains. »

Bertilla eut un sursaut de révolte et l'interrompit :

– Oh! maman, pourquoi avez-vous dit une chose pareille?

– J'ai dit la première chose qui m'est venue à l'esprit. Il fallait bien lui enlever de l'idée que vous aviez dix-huit ans. Dix-huit ans! Rendez-vous compte, cela m'en donnerait trente-six au minimum. Et tout le monde me croit beaucoup plus jeune.

Bertilla, qui n'ignorait pas que sa mère avait trente-huit ans, se dispensa de toute remarque. Lady Alvinston reprit d'une voix plus calme :

– Je crois que j'ai réussi à le convaincre! Vous êtes si petite et si menue, et votre visage est si enfantin, votre expression stupide trahit tant de naïveté que personne ne doit vous croire plus âgée. Ah! vivement que vous disparaissiez de ma vue, Bertilla! Le plus tôt sera le mieux!

D'un geste brusque elle jeta ses gants sur le sofa et ajouta :

– Si jamais quelqu'un venait me voir à l'improviste ce soir, restez dans votre chambre et ne vous montrez pas! Vous m'avez déjà fait assez de tort comme ça!

– Mais... mais je n'en avais pas l'intention, maman. Je... je ne savais pas que... que vous ne vouliez pas que les gens sachent que je suis votre... fille.

– Eh bien, vous le savez maintenant! rétorqua sèchement lady Alvinston avant de quitter la pièce.

Un flot de larmes envahit les yeux de Bertilla. Elle resta un moment figée sur place, éperdue, à fixer avec consternation la porte qui s'était refermée sur sa mère. Elle s'était toujours sentie indésirable depuis la mort de son père; cependant, elle ne s'était jamais vraiment rendu compte que sa mère la détestait.

Ce que son père lui avait dit une fois lui revint à l'esprit : « Vous serez très jolie, plus tard, ma chérie; et, Dieu merci, dans un tout autre genre que votre mère. Vous n'avez pas le même type et il ne pourra pas exister de rivalité entre vous deux. »

A l'époque, Bertilla avait été très surprise par cette remarque tant la chose lui semblait impensable. Elle s'était dit : « Je suis convaincue que jamais je ne pourrai être une rivale pour une femme aussi belle que maman. »

D'ailleurs, ne paraissait-il pas tout à fait absurde de songer qu'une telle rivalité pût éventuellement exister entre une mère et sa fille?

Brusquement, ce jour-là, elle se rendait compte que la colère de sa mère à son encontre ne venait pas seulement du fait qu'elle ait avoué son âge. Instinctivement, elle comprenait que ce que son père lui avait prédit s'était réalisé. Elle n'ignorait pas qu'elle était jolie et ses camarades de classe lui avaient même dit qu'elle était très belle.

Une de ses compagnes lui avait rapporté les paroles de son frère à son sujet, un jour où il était venu la chercher :

« Mon frère vous a aperçue, Bertilla, et m'a dit que vous étiez la jeune fille la plus ravissante qu'il voyait depuis longtemps et que c'était extraordinaire dans le cadre d'un pensionnat. »

Bertilla avait ri, heureuse cependant et flattée. Puis elle avait ingénument pensé à sa mère et s'était réjouie en se disant : « Tant mieux pour maman ! Elle n'aura pas honte de moi. Je l'ai si souvent entendue déplorer le sort des gens qui, comme son amie la duchesse, ont des filles laides à présenter dans le monde. »

Mais l'indifférence de sa mère, qui ne lui écrivait jamais, ne la prenait pas chez elle pour les vacances et ne lui avait jamais parlé de ses projets d'avenir, ne l'avait pas préparée à ce qui l'attendait à la sortie du pensionnat. Elle n'avait jamais imaginé qu'elle serait exilée du peu de famille qui lui restait.

– Exception faite de tante Agatha ! murmura Bertilla, et elle se sentit frissonner.

Il pleuvait. Le ciel était sombre et couvert. Le quai détrempé. On distinguait mal la mer houleuse lorsque Bertilla monta à bord du *Coromandel* qui devait l'emporter loin de l'Angleterre. Ce n'était pas un très grand paquebot, mais il avait une allure imposante avec sa haute coque noire et ses superstructures complexes, son pavillon rouge flottant au-dessus de la proue, son pont plein d'animation.

A l'époque, tous les bateaux assurant le transport des passagers sur les lignes régulières de l'Empire britannique, comme la plupart des unités de la marine marchande, jaugeaient moins de huit mille tonneaux.

Ils n'en transportaient pas moins deux cent mille voyageurs par an, la mer constituant l'artère vitale de l'Empire.

Mais, chaque année, environ un millier de bâtiments neufs étaient lancés et les chantiers navals sortaient des bateaux de plus en plus grands et confortables pour les grandes compagnies maritimes, telle la *Peninsula*, la *Elder Dempster* ou la *British India* qui se faisaient une concurrence effrénée.

La compagnie *Shipping Lines* était extrêmement fière de la qualité de sa flotte et faisait une publicité extravagante. Le *Coromandel*, un vapeur qui lui appartenait, avait conservé l'allure du temps de la marine à voile : ainsi se parait-il de quatre hauts mâts agrémentés de cordages compliqués.

Toutefois Bertilla était trop démoralisée, tant par la pluie que par son angoisse et sa solitude, pour s'y intéresser; dans l'immédiat, trouver sa cabine était sa seule préoccupation.

Pendant la traversée, il y avait de grandes chances pour que personne ne lui adresse la parole et qu'elle en soit réduite à sa propre compagnie; elle en avait pris son parti et de cette façon au moins, elle aurait tout son temps pour lire et coudre.

Bertilla s'efforçait d'être courageuse. Il lui avait été très dur de quitter le vieux Maidstone et de ne pas éclater en sanglots lorsqu'il lui avait souhaité bonne chance.

Dawkins lui faisait, elle aussi, l'impression d'être une amie très proche qui laisserait un grand vide dans son existence.

La jeune fille n'avait pas été surprise quand elle avait constaté qu'elle ne devait pas dire adieu à sa mère. Lady Alvinston avait en effet interdit qu'on la réveillât avant le départ de sa fille qui devait quitter la maison à 8 heures du matin.

La vieille servante, s'ingéniant à trouver une explication plausible dans l'espoir d'adoucir la peine de Bertilla, avait dit d'un ton gêné :

– Milady est rentrée, cette nuit, à plus de 2 heures. Elle était morte de fatigue, vraiment, et très contrariée de ce qu'un danseur maladroit avait déchiré le volant de sa jupe neuve. J'ai toujours dit que la danse n'avait été inventée que pour donner un surcroît de besogne aux femmes de chambre...

Bertilla n'avait pas réussi à sourire.

– Maman a-t-elle laissé un message pour moi? avait-elle demandé.

– Je sais que Milady veut que vous preniez grand soin de vous et souhaite que le voyage vous soit agréable, avait répondu Dawkins, ce qui était très loin de la réponse qu'attendait la jeune fille.

Maidstone avait été chargé de lui remettre son billet, son passeport et un peu d'argent. Le laquais, assis près du cocher sur le siège de la voiture qui allait l'emporter, avait reçu des instructions pour mettre sa malle aux bagages et lui trouver une place confortable dans le train.

En regardant son billet, Bertilla eut la surprise de s'apercevoir qu'elle voyageait, non pas en première classe comme elle s'y attendait, mais en seconde. Ni son père ni sa mère n'auraient envisagé autre chose que les places les meilleures et les plus confortables quand ils voyageaient en chemin de fer ou en bateau.

Elle devina que sa mère regrettait d'avoir à faire des frais pour elle, et s'estima heureuse de ne pas être condamnée à voyager dans l'entrepont.

Bertilla grimpa aussi vite qu'elle le put l'échelle du *Coromandel,* car il pleuvait et le vent soufflait très fort; elle se retrouva bientôt au milieu des autres passagers qui attendaient comme elle qu'on leur indique le numéro de leur cabine. Les voyageurs de seconde classe étaient groupés à la place qui leur était assignée. Ils n'étaient pas mélangés aux passagers favorisés qui voyageaient en première et qui disposaient d'une autre aire de rassemblement.

La plupart des passagers se trouvant sur le pont de deuxième classe étaient des étrangers assez pittoresques. Elle s'amusa à essayer de deviner leurs pays d'origine.

« Ce gros bonhomme adipeux est-il de Kuala Lumpur? Celui qui a le visage long et sec comme un homme de loi serait-il de Saïgon? Et ce petit homme aux yeux bridés, est-il de Sumatra? ou de Bornéo peut-être? »

Sans doute tous les Chinois qui se trouvaient là retournaient-ils à Singapour où il existait une importante concentration de leurs compatriotes. Ils avaient l'air très prospère pour la plupart.

Puis, continuant son investigation, elle découvrit divers Européens au visage tanné par le soleil; elle en conclut que ce devaient être des planteurs.

Elle avait emporté un atlas et se promit d'en tirer autant de renseignements que d'un guide touristique. Bertilla s'était toujours beaucoup intéressée aux races étrangères et elle était ravie de constater qu'il lui serait possible d'étudier toutes sortes de gens nouveaux et d'approfondir leurs coutumes et leur histoire. Ainsi elle admirait une Indienne, drapée élégamment dans un superbe sari rouge qui enveloppait ses cheveux noirs et dissimulait son visage.

Cependant elle s'aperçut qu'un homme la regardait avec insistance et elle se sentit bientôt très gênée.

Elle avait du mal à le situer à cause de son teint clair et de ses cheveux noirs luisants. Finalement, il lui sembla que ses traits révélaient une double ascendance javanaise et hollandaise. Sachant que de nombreux planteurs hollandais avaient épousé des Javanaises, elle éprouvait un petit sentiment de fierté à l'idée d'avoir découvert cette singularité. Mais aurait-elle l'occasion de vérifier la justesse de ses observations?

Comme l'homme la fixait toujours, Bertilla se sentit rougir et elle s'empressa de détourner son regard. Elle fut grandement soulagée de réussir à capter l'attention du commissaire qui, après avoir répété son nom, lui répondit :

– Miss Alvinston? Parfaitement, mademoiselle, vous avez la cabine trente-sept. C'est un *single*. On va vous y conduire.

Un steward s'empara de la petite valise de Bertilla et s'engagea dans un long couloir étroit et bas de plafond. Tout en le suivant, Bertilla lui signala :

– J'ai d'autres bagages dans le train.

– Ne vous inquiétez pas, mademoiselle. Ils seront montés à bord, répondit-il. (Puis il ouvrit une porte et s'effaça en annonçant :) Voici votre cabine, mademoiselle. J'espère que vous trouverez là tout ce dont vous aurez besoin.

La cabine était si petite que Bertilla eut l'impression d'entrer dans un placard. Elle se souvint aussitôt de la réflexion faite par Charles Dickens, lorsqu'il monta à bord d'un bateau pour la première fois, en 1842. Il avait qualifié sa cabine de « boîte absolument absurde ».

En réalité, la seule chose qui importait à Bertilla était de ne pas devoir partager sa cabine avec une inconnue.

Il y avait juste assez de place pour la couchette et une commode; dans un angle, cachées par un rideau, une penderie et une table de toilette à cuvette basculante. Cette dernière était minuscule et se réduisait à un support permettant de vider la cuvette après usage dans un seau placé en dessous.

Où étaient donc les luxueuses installations auxquelles on était en droit de s'attendre à bord du paquebot *Coromandel*, si l'on en croyait la brochure que Bertilla avait lue dans le train de Londres.

C'était donc que la somptueuse salle à manger, meublée de fauteuils et ornée de plantes vertes, la salle de correspondance, le salon confortable, la galerie de tableaux nantie d'un orgue qui illustraient la brochure, tout cela s'adressait aux passagers de première classe.

– Aucune importance! murmura-t-elle. L'essentiel est que je puisse me retirer ici et être seule.

Elle ne pouvait cependant s'empêcher de trouver que sa cabine ressemblait à une cellule de prisonnier que l'on transportait à l'autre bout du monde contre sa volonté. Comme elle ne parvenait pas à chasser cette pensée déprimante, elle décida de monter sur le pont pour assister au départ du paquebot.

Elle avait en effet toujours entendu dire que c'était un spectacle amusant et plein de gaieté : normalement un orchestre jouait de la musique, tout le monde jetait des serpentins et la foule amassée sur le quai acclamait les passagers.

Mais le temps était si mauvais que Bertilla ne vit presque personne à terre. Bien peu de gens avaient eu le courage de braver la tempête pour rester et dire adieu aux voyageurs. Sans les allées et venues des porteurs qui charriaient les malles le long du bateau, le quai aurait été désert.

Quelques retardataires escaladaient encore la passerelle de première classe : des personnes qui avaient sans doute voulu éviter le tohu-bohu des premiers moments de l'embarquement.

Bertilla remarqua plusieurs femmes qui avaient autant d'allure et étaient aussi élégamment habillées que sa mère. Du premier coup d'œil, on voyait que c'étaient des femmes du grand monde à la manière dont elles se drapaient dans leurs fourrures et tenaient leurs parapluies.

Les hommes qui les accompagnaient portaient des pardessus en tartan. Certains étaient coiffés de casquettes solidement attachées. Ceux qui avaient des chapeaux melon étaient obligés de se protéger du vent en appuyant leur main gantée sur leur couvre-chef.

Bertilla vit également passer quelques enfants accompagnés par des nurses en uniforme.

Brusquement, elle sursauta et son cœur se mit à battre la chamade. Les hommes d'équipage s'apprêtaient à retirer la passerelle quand apparut sur le quai, avançant avec une nonchalance pleine de dignité, un homme élégant que la jeune fille reconnut immédiatement.

« Non, je ne me trompe pas, se dit-elle tout bas. Ces larges épaules, ce beau visage aux traits réguliers, c'est bien là l'homme qui s'est montré si aimable avec moi à la gare et qui m'a conduite à la maison dans son coupé ! Oui ! C'est lord Saire ! Oh ! lord Saire voyage sur le *Coromandel !* »

Il grimpa la passerelle et disparut sur le pont des première classe au-dessus de sa tête.

– Je ne le rencontrerai jamais, je ne le reverrai même pas, murmura-t-elle, mélancolique.

Néanmoins, elle se sentait tout heureuse et réconfortée à l'idée qu'il y avait à bord quelqu'un dont elle connaissait le nom et qui appartenait au même milieu qu'elle. Et l'angoisse qui lui serrait le cœur s'effaça aussitôt. Le sentiment de vide et d'abandon qu'elle éprouvait depuis sa descente du train de Londres s'atténua. Elle n'était plus aussi totalement perdue dans un monde inconnu.

Les passerelles furent remontées et un orchestre jouait en sourdine. Quelques rares personnes, disséminées sur le quai agitèrent leur mouchoir, mais elles s'enfuirent très vite, chassées par la pluie battante. Le *Coromandel* s'éloigna doucement sans adieu déchirant.

Bertilla frissonna : le vent du large était glacial et la pluie redoublait. Pourtant, elle n'éprouvait pas le désespoir et la peur de la solitude auxquels elle s'était attendue.

« C'est absurde! pensa-t-elle tout étonnée, de me sentir ainsi rassurée par la présence de lord Saire. C'est parce qu'il s'est montré si bon avec moi à la gare! »

Pendant ce temps, Theydon Saire inspectait sa cabine et l'élégant petit salon contigu.

Il avait réussi à quitter Londres sans que lady Gertrude ait eu connaissance de ses projets, évitant ainsi une scène dramatique et désagréable. Une fois de plus, il avait laissé les choses aller trop loin avec elle.

Au départ, il n'avait vu dans cette liaison qu'une aventure passagère, une intrigue amusante entre deux partenaires qui connaissaient les règles du jeu. Mais elle était rapidement devenue une affaire sérieuse.

C'était précisément ce que lord Saire ne voulait à aucun prix, pas plus cette fois-là qu'une autre. Malheureusement, c'était ce qui lui arrivait chaque fois : ses maîtresses prétendaient le prendre au piège du grand amour quand lui ne cherchait qu'un flirt sans lendemain. Ainsi, était-il devenu de plus en plus cynique à force de voir ce genre d'incident se répéter.

Il connaissait par cœur le discours enflammé dont elles usaient tour à tour pour essayer de le retenir : « Je vous aime, disaient-elles toutes. Je vous aime follement, Theydon! Dites-moi que vous m'aimerez toujours, que cet enchantement ne se terminera jamais pour nous, que ce bonheur divin durera éternellement... »

Toutes les femmes avec lesquelles il avait eu une aventure lui avaient immanquablement répété la même chose. Il fallait chaque fois se dérober bien vite devant le danger que leur prétendue passion représentait pour lui. Car il ne savait que trop qu'elles avaient l'ambition de l'enchaîner, qu'elles étaient prêtes à tout pour assurer leur prise, et qu'il risquait fort de ne plus pouvoir leur échapper!

La plupart des femmes, Gertrude Lindley, par exemple, voulaient obtenir le mariage. Et maintes fois lord Saire s'était mis en fureur devant cette conception des choses.

« C'est aberrant! Pourquoi diable un homme ne peut-il se montrer amoureux sans être aussitôt condamné à perdre sa liberté? »

Il faut croire que lord Saire n'avait pas de chance : même quand il avait affaire à des femmes mariées, elles se mettaient en tête de se l'attacher pour la vie!

Il finissait toujours par percevoir, au delà des baisers passionnés, les ambitions secrètes, le désir de faire durer éternellement leurs amours, l'intention de le retenir prisonnier.

Or, il l'avait souvent répété à son ami d'Arcy, il ne voulait se marier à aucun prix. Il tenait trop à sa liberté et aux avantages de sa vie de célibataire qu'il jugeait idéale. Aussi, en cet instant, ne pouvait-il s'empêcher de frissonner à la pensée du danger auquel il venait d'échapper et s'estimait-il fort satisfait de ne pas avoir eu besoin de batailler pour y parvenir.

Il avait bien failli être pris au piège, car Gertrude Lindley s'était montrée particulièrement tenace et habile.

Elle avait su, patiemment, l'embobiner : certes, avec des cordes de soie, mais qui avaient bien failli l'étrangler. Il avait compris qu'il était urgent pour lui de prendre garde et de rompre ces liens avant qu'ils ne deviennent impossibles à briser.

Gertrude était même allée jusqu'à circonvenir le prince de Galles : elle l'avait fait entrer dans son jeu afin qu'il l'aide à amener lord Saire à la demander en mariage.

Elle avait déclaré au prince héritier en le tenant sous le charme de ses grands yeux de velours :

– Vous seul, sire, êtes capable de comprendre la

profondeur de mon amour et de savoir combien cette passion diffère de tout ce que j'ai connu et ressenti jusqu'ici...

Puis elle avait sollicité son aide. Le prince, toujours prêt à se porter au secours des jolies femmes, avait déclaré à lord Saire :

– J'ai l'impression que vous êtes vraiment sans pitié pour cette ravissante créature, Saire.

C'était un soir, après un dîner à Marlborough House auquel lord Saire avait été prié. Rendu méfiant par le ton confidentiel mais sévère du prince, lord Saire avait fait l'innocent :

– A qui faites-vous allusion, sire? demanda-t-il.

Il avait bien entendu deviné de qui il s'agissait et ce, dès les premières paroles du prince. Celui-ci reprit, en riant :

– Eh bien! mon cher garçon, je me ferai une joie de vous donner la réponse moi-même. Vous savez aussi bien que moi que c'est de Gertrude Lindley que je suis en train de vous parler.

– Mais, sire, elle m'a toujours affirmé que je lui donnais beaucoup de bonheur, pourtant.

Le ton suave de lord Saire ne désarma nullement le prince qui s'exclama :

– Ça, j'en suis certain! Vous avez la réputation bien établie d'être un rude gaillard et un amoureux parfait.

Lord Saire répondit par une flatterie :

– Je sais que je ne puis prétendre rivaliser avec Votre Altesse dans ce domaine. Disons que je fais de mon mieux.

Le prince rit tellement qu'il s'étrangla et eut une quinte de toux. Il but son verre de porto pour se remettre et reprit d'un ton sérieux :

– Voyons, tout à fait entre nous, Saire, quelles sont vos intentions envers elle? Qu'allez-vous faire?

– Rien, sire, absolument rien d'autre que ce que j'ai fait jusqu'à maintenant.

Pendant quelques instants, le prince parut déconcerté. Lord Saire savait très bien à quoi s'en tenir : le prince s'imaginait pouvoir user du pouvoir royal afin de faire les mariages autour de lui. Il aurait sans doute aimé annoncer à Gertrude Lindley qu'il avait obtenu gain de cause et que lord Saire allait lui faire sous peu sa demande en mariage!

Toutefois lord Saire ne s'était pas acquis sa réputation d'excellent diplomate sans avoir appris comment manier les princes. Il se pencha donc vers le prince de Galles pour ne pas être entendu des autres convives assis autour de la table et lui déclara :

– J'aimerais beaucoup, sire, avoir l'occasion de m'entretenir en privé avec vous. Il se trouve que j'aurais grand-besoin du secours de vos conseils pour diverses autres affaires dont je ne puis vous parler pour le moment.

Les yeux du prince étincelèrent de plaisir. Sa mère l'ayant toujours tenu à l'écart du gouvernement, il en était réduit à glaner des informations de tous côtés. Il désirait être au courant de tout et se sentait terriblement frustré d'avoir été exclu des menées secrètes des Affaires étrangères.

Lord Saire avait beau estimer ne pas courir un grand risque s'il refusait d'obéir aux desiderata du prince, il ne pouvait cependant en être absolument certain. On avait vu des choses plus extraordinaires dans le petit cercle des courtisans de Marlborough House. Le prince était capable de se montrer le meilleur et le plus dévoué de vos amis comme aussi votre pire ennemi, et c'était un ennemi extrêmement puissant.

Lord Saire préféra donc éviter de lui tenir tête. Et il fut ravi d'avoir détourné son attention du cas de Gertrude Lindley en lui révélant des choses d'une bien plus grande importance pour lui.

Néanmoins, s'il pouvait se réjouir de l'avoir échappé belle, c'était surtout grâce à cette mission diplomatique qui lui avait été confiée. Grâce à elle, il partit secrètement pour l'étranger sans dire au revoir à qui que ce soit, et se trouvait désormais à l'abri des intrigues de boudoir de Marlborough House. Les femmes menaient un jeu serré et dangereux pour les hommes sur lesquels elles jetaient leur dévolu. Elles y mettaient à contribution toute leur rouerie et ne connaissaient d'autre loi que leur propre désir.

– Ouf! Je suis sauvé... murmura-t-il avec soulagement en s'installant confortablement dans l'un des excellents fauteuils dont était pourvue sa cabine.

Dans la pièce voisine son valet de chambre déballait ses bagages. Il se tourna vers l'énorme pile de journaux qu'il avait achetés avant de prendre le train et ouvrit le *Times* pour lire l'article de première page avant de dépouiller les rapports de séance du Parlement.

Cosnet, son valet, vint lui apporter la liste des passagers.

– Ce paquebot est absolument comble, milord, dit-il en déposant le feuillet sur la tablette du bureau. Mais, heureusement, je crois qu'un bon nombre de personnes descendront à Malte et à Alexandrie.

Lord Saire pensa tout de suite que dans ces conditions, avec tout ce monde, il lui serait difficile de faire de la marche quand il en aurait envie. Il soupira :

– C'est bien ce que je craignais. Mais, dites-moi, y a-t-il des gens que nous connaissons à bord?

Lord Saire pouvait se fier à son valet, qu'il savait être parfaitement au fait de la question : Cosnet connaissait aussi bien que lui les noms de ses innombrables amis et relations, car il l'accompagnait partout et était au courant des moindres faits et gestes de son maître.

– Il y a à bord un Persan que nous avons déjà rencontré, milord, il y a trois ans, lors d'un séjour chez notre ambassadeur à Téhéran.

– Excellente nouvelle! s'écria lord Saire. Je serai ravi de le revoir.

– Il y a également lord et lady Sandford, l'honorable Mrs Murray et lady Ellenton que vous connaissez aussi, il me semble.

– Oui, oui, grogna lord Saire sans enthousiasme.

Il était déçu : tous ces gens étaient passablement ennuyeux, exception faite de Mrs Murray, la femme d'un diplomate. Il l'avait rencontrée à diverses reprises et l'avait trouvée attirante. Un léger sourire erra sur ses lèvres, à ce souvenir, quand il reprit la lecture de son journal.

« Finalement, pensa-t-il, ce voyage ne sera peut-être pas aussi ennuyeux que cela : Mrs Murray ne ressemble pas du tout à Gertrude. Elle a des cheveux roux flamboyant et de beaux yeux verts en amande... »

Le premier dîner dans la salle à manger des deuxième classe étonna beaucoup Bertilla.

Elle s'était imaginé pouvoir prendre ses repas seule. Mais il n'y avait pas de table individuelle. Tous les passagers se réunissaient autour de grandes tables d'hôtes.

Ils étaient assis les uns près des autres, si bien qu'il était impossible de s'isoler et de ne pas parler avec ses voisins de table.

Bertilla avait été placée à côté d'un planteur, venu faire un court séjour en Angleterre et qui avait hâte de retourner dans sa plantation d'hévéas en Malaisie pour retrouver sa femme et ses trois enfants.

Son autre voisin de table était un Ecossais d'un certain âge qui était employé comme acheteur en Europe par un Chinois propriétaire de nombreux magasins à Singapour.

Tous les Blancs étaient regroupés à la même table. Et Bertilla fut soulagée de noter que le métis javanais, qui l'avait dévisagée avec tant d'impertinence sur le pont au moment du départ, était fort heureusement assis loin d'elle, à l'autre extrémité de la table.

Cependant, il ne la quitta pas des yeux de tout le repas et la jeune fille eut l'impression qu'il était décidé à l'aborder et à lui parler après le dîner, ce qui la mit mal à l'aise.

Elle était bien résolue à l'esquiver; aussi fit-elle en sorte de se lever de table et de sortir rapidement de la salle à manger avant tout le monde. Elle retourna s'enfermer dans sa cabine.

Celle-ci lui parut moins minuscule, maintenant que l'on était en mer et qu'elle avait défait ses bagages. Elle avait disposé çà et là des objets personnels; aussi eut-elle presque l'impression de se retrouver chez elle.

La mer était très grosse car le paquebot naviguait à présent dans la Manche. Aussi Bertilla se déshabilla-t-elle pour se coucher immédiatement. Elle choisit l'un des livres qu'elle avait le plus envie de lire, s'allongea et alluma sa lampe de chevet.

– Eh bien, tout cela finit par être très confortable! murmura-t-elle.

Redevenue optimiste, elle pensa que, lorsqu'elle se serait accoutumée à la vie à bord et aux étrangers qu'elle y côtoyait, elle finirait peut-être par nouer des liens d'amitié avec certains passagers.

Elle rit en elle-même en pensant au visage horrifié de sa mère si celle-ci apprenait qu'elle avait l'intention de parler avec les passagers de seconde classe et même de se faire des amis parmi eux.

Mais Bertilla avait assez de bon sens pour admettre que, ne pouvant frayer avec les passagers de première, dans sa situation il lui fallait mettre son orgueil de côté et tirer le meilleur parti de ce qui s'offrait présentement à elle. Il était dans son caractère de chercher à voir le bon côté des choses.

« Je n'ai pas à me plaindre. La nourriture, sans être raffinée, est très acceptable. Et je vais certainement avoir l'occasion d'apprendre des quantités de choses passionnantes sur le pays où je vais en interrogeant des gens qui y vivent et savent de quoi ils parlent. C'est très intéressant de rencontrer tant d'étrangers. »

Elle avait déjà remarqué nombre de Chinois et d'Hindous, deux hommes nés à Bali, sans compter le fameux métis javanais. Mais comme ce dernier lui inspirait instinctivement de la méfiance, elle prit la décision de tout faire pour l'éviter.

Prendre cette résolution le soir, seule dans sa cabine, était une chose; s'y conformer le lendemain pendant la journée devint une tout autre affaire.

Le lendemain, la mer était très mauvaise. Bertilla avait mis ses vêtements les plus chauds pour monter prendre l'air sur le pont. Mais la plupart des gens n'avaient pas osé sortir.

La jeune fille s'appuya au bastingage pour contempler les vagues un moment avant de retourner, elle aussi, dans sa cabine. Au moment où elle allait s'engouffrer dans le couloir, une voix la fit sursauter. Quelqu'un, derrière elle, lança avec un fort accent hollandais :

– Bonjour, miss Alvinston!

C'était le métis javanais qui l'avait rejointe sans qu'elle s'en fût aperçue. Elle prit son ton le plus froid pour répondre :

– Bonjour.

Nullement décontenancé, il entama la conversation :

– Vous êtes vraiment très courageuse. J'avais pensé que vous ne quitteriez pas votre cabine aujourd'hui, étant donné le gros temps.

– J'espère bien avoir le pied marin, dit-elle sèchement.

Bertilla avait vraiment envie de le quitter. Mais il lui était impossible de poursuivre son chemin dans le couloir : le métis obstruait le passage et, avec le fort roulis, elle eût risqué de tomber contre lui.

Elle se résigna à rester appuyée au bastingage, solidement agrippée à la rambarde, fixant la mer déchaînée. L'homme reprit :

– J'espère bien, miss Alvinston, que nous allons devenir de bons amis pendant ce voyage.

– Comment savez-vous mon nom? demanda-t-elle sans aménité.

Le métis eut un gros rire.

– Je ne suis pas détective, rassurez-vous, j'ai tout simplement demandé au commissaire!

Bertilla ne répondit pas. L'homme reprit :

– Je m'appelle Van da Kaempfer, et, comme je vous l'ai déjà dit, miss Alvinston, j'espère que nous allons devenir de bons amis. Je vois que vous voyagez seule.

Bertilla s'empressa de couper court :

– Je... j'ai du travail à faire. Il faut que je retourne dans ma cabine.

Elle se jugeait elle-même bien sotte, mais elle éprouvait une sorte de panique. Elle avait l'impression qu'il la harponnait, non seulement physiquement, mais aussi moralement. Sans doute voulait-il lui imposer sa personne, aussi n'avait-elle qu'un désir : s'enfuir, mais elle ne savait comment s'y prendre. Or, il poursuivait avec insistance :

– Les dames qui voyagent seules ont besoin qu'un homme veille sur elles et les protège. Et je suis tout disposé à tenir ce rôle auprès de vous, miss Alvinston.

– Merci, mais je suis très capable de veiller sur moi, répliqua sèchement Bertilla.

Il éclata de rire à nouveau.

– Vous êtes bien trop jeune et jolie pour vous en sortir toute seule. N'avez-vous donc jamais réfléchi à tous les dangers que court une jolie dame comme vous quand elle se trouve seule au milieu d'une foule d'inconnus?

Il y avait quelque chose de si déplaisant dans sa voix que Bertilla frissonna.

– C'est très gentil à vous, Mr Van da Kaempfer, de m'avertir; mais il faut que je retourne dans ma cabine.

– Eh bien! auparavant, permettez-moi de vous offrir quelque chose. Venez avec moi au bar. Je suis certain que vous ne refuserez pas de prendre une coupe de champagne : cela vous aidera à garder « le pied marin ».

– Non, je vous remercie, fit-elle en lui tournant le dos.

Mais au moment où elle allait s'éloigner, un coup de roulis lui fit perdre l'équilibre et la précipita contre le métis. Mr Van da Kaempfer la saisit par le bras en riant très fort.

– Permettez-moi de vous aider. Les dangers sont nombreux sur un navire, comme je vous l'ai dit; et les vagues en sont un.

Bertilla comprit qu'il lui était impossible de l'empêcher de lui donner le bras sans faire une scène. Il la soutenait fermement et elle dut se laisser conduire à travers le pont jusqu'à la porte du bar qu'il ouvrit devant elle. A l'intérieur, ils retrouvèrent le calme et la chaleur, laissant derrière eux le vent furieux et Bertilla put remettre un peu d'ordre dans sa coiffure.

Mr Van da Kaempfer, qui ne lui avait pas lâché le bras, l'entraîna vers le bar.

Elle se redressa.

– Non, merci. Je ne bois jamais.

– Eh bien, il faut commencer! insista-t-il.

Bertilla réussit à libérer son bras que l'homme serrait sous le sien. D'un bond rapide elle fut hors de sa portée et, avant qu'il ait pu réagir, elle s'enfuit du bar.

Elle l'entendit rire derrière elle. Quand elle arriva devant la porte de sa cabine, elle avait les lèvres sèches et son cœur battait la chamade. Un peu honteuse de son affolement, elle se gourmanda sévèrement :

– Je suis stupide... vraiment stupide, murmura-t-elle.

Elle ne se reconnaissait plus, ne comprenant pas pourquoi elle avait eu tellement peur : « Il n'y avait pas là de quoi s'effrayer, après tout », pensait-elle en reprenant ses esprits.

L'homme qui l'avait abordé était vulgaire et plutôt antipathique. Mais il fallait qu'elle s'attende à des mésaventures de ce genre. Se méprenant sur son compte en la voyant voyager seule, il avait certainement cru qu'elle ne serait que trop heureuse d'accepter sa compagnie.

« Je n'ai qu'à l'éviter soigneusement », conclut sagement Bertilla.

Mais elle savait que ce ne serait pas très facile et cette perspective désagréable lui donna un sentiment pénible d'insécurité.

3

Rosemary Murray déclara d'une voix douce et pleine de regrets :

– Il faut que je retourne dans ma cabine, maintenant.

– Ce serait raisonnable, acquiesça lord Saire.

Elle étendit le bras dans un geste de désespoir.

– Grand Dieu ! Comme je déteste être raisonnable. Toute ma vie, il m'a fallu être raisonnable !

Elle se retourna et posa la tête sur l'épaule de son compagnon en disant d'un ton passionné :

– Mais je ne me plains pas. Un entracte de bonheur comme celui-ci compense tout. Il me donne le courage de supporter n'importe quoi, même la vie sinistre qui m'attend en Egypte.

Lord Saire ne répondit rien. Au bout de quelques instants, la jeune femme reprit :

– Si seulement je pouvais aller avec vous jusqu'à Singapour... Quel malheur qu'il me faille descendre à Alexandrie !

Elle parlait avec exaltation d'une voix entrecoupée de soupirs :

– Promettez-moi que vous ne m'oublierez pas. Je prierai tous les jours pour que nous nous rencontrions de nouveau et que tout soit aussi merveilleux que maintenant.

– C'est également mon vœu, répondit lord Saire, mais il se rendait compte qu'il prononçait des paroles mensongères.

Il avait pris grand plaisir – « oui, du plaisir : c'est le

mot juste », pensa-t-il – à flirter avec Mrs Murray, entre Douvres et Alexandrie. Les cheveux roux de la jeune femme n'avaient pas menti. Elle avait été telle qu'il s'y attendait : pleine d'impétuosité comme toutes les rousses, un peu sauvage et aussi passionnée à sa manière que Gertrude.

Mais il en était déjà las, c'était inévitable. Lorsqu'elle descendrait à Alexandrie le lendemain, loin de ressentir le moindre regret, il éprouverait un certain soulagement.

Lord Saire l'observa pendant qu'elle enfilait hâtivement le déshabillé transparent qu'elle avait mis pour se glisser furtivement dans le couloir et venir le rejoindre. Il se demandait avec perplexité pourquoi Rosemary Murray était le type même de femme dont il se lassait le plus rapidement.

Elle était pourtant d'une beauté indiscutable : ses traits étaient exquis et elle apportait, en amour, une joie gourmande qui lui donnait un charme supplémentaire. Néanmoins, lord Saire avait senti se calmer très vite son ardeur passionnée des premiers jours. Et l'ennui qui lui succéda n'avait fait que croître de jour en jour, dès l'instant où ils avaient pénétré en Méditerranée.

« J'ai hâte d'être à demain », constata-t-il avec son cynisme habituel.

Il revêtit son ample robe de chambre et continua à contempler Rosemary Murray. Elle se tourna vers lui et, avec des sanglots dans la voix :

– Je vous aime ! Oh ! Theydon, comme je vous aime ! Vous avez pris mon cœur. Jamais aucun autre ne vous remplacera !

Elle lui jeta les bras autour du cou et lui offrit ses lèvres sur lesquelles il déposa les baisers qu'elle attendait. Puis il dit doucement :

– Il faut que vous partiez, maintenant. Vous savez que les murs ont des oreilles, plus encore sur un bateau qu'ailleurs.

Rosemary Murray poussa un grand soupir.

– Je vous aime et je vous aimerai éternellement. Mais nous nous retrouverons. Oui, Theydon, nous nous rencontrerons encore, je le sais! déclara-t-elle d'une voix mélodramatique.

Lord Saire ouvrit la porte, inspecta soigneusement le couloir puis fit signe à la jeune femme qu'elle pouvait partir.

Elle sortit après avoir déposé un baiser rapide sur la joue de lord Saire. Elle laissait derrière elle une bouffée de parfum exotique qui flotta longtemps dans la cabine.

Le jeune homme referma la porte et poussa un soupir de soulagement.

« C'est fini. Encore une affaire de cœur qui se termine comme les autres. Si d'Arcy Charington était ici, il se moquerait de moi et me dirait comme toujours : « Mais qu'espériez-vous donc de si extraordinaire, Theydon? Que cherchez-vous donc? »

Il était incapable de répondre à cette question et c'était ce qui le tourmentait.

Il fut distrait de ses pensées par une photo qui traînait sur une chaise. Rosemary Murray l'avait apportée avec elle quand elle s'était faufilée dans sa cabine deux heures auparavant.

Elle avait dit avec fougue :

– Je savais que vous voudriez un souvenir de moi!

Elle la lui avait dédicacée : « Votre Rosemary pour l'éternité... » et il en fut choqué.

Il jugeait le geste de la jeune femme avec un froid détachement : « C'est une terrible inconséquence. Une femme mariée ne doit jamais faire une chose pareille. »

Les gages d'amour que les femmes lui donnaient étaient l'une des plaies dont s'accompagnaient immanquablement toutes ses aventures : il y avait les photos, mais aussi la multitude de lettres passionnées et follement compromettantes qu'il recevait.

Car, non contentes de se donner corps et âme, elles étaient prêtes à lui sacrifier leur réputation.

Il se trouvait donc obligé à une extrême prudence pour leur éviter, si possible, d'avoir à subir les conséquences de leurs propres imprudences. C'était lui qui devait veiller à leur place à ce que leur conduite ne suscite pas de commérages.

Il lui fallait tempérer leur hardiesse inutile, comme les convaincre de renoncer à venir chez lui (ce qu'elles voulaient généralement toutes faire) et de s'abstenir de toute effusion lorsqu'ils se rencontraient en public afin de ne pas mettre le monde entier au courant de leurs amours.

Un jour, au cours d'une conversation avec d'Arcy Charington, il lui avait confié son étonnement :

– Elles sont folles. On dirait qu'elles font tout pour se faire mettre au ban de la société : c'est du suicide !

Son ami lui avait répondu en riant :

– Elles ne se soucient pas du poids de leurs chaînes pourvu que vous soyez enchaîné avec elles.

Néanmoins, lord Saire avait toujours réussi, en partie grâce à sa grande intelligence, à éviter tout scandale.

Bien entendu, on bavardait beaucoup sur son compte et l'on soupçonnait aussi bien des choses. Mais l'essentiel était que rien ne puisse être prouvé. Lord Saire faisait en sorte que ni les maris jaloux ni qui que ce soit ne puissent découvrir les pièces à conviction de toutes ces folles incartades commises avec lui et pour lui.

Cette nuit-là, après le départ de Rosemary Murray, il regarda la pendule sur sa table de chevet et s'aperçut qu'il était presque 2 heures du matin.

Il allait se mettre au lit quand soudain le parfum de la jeune femme qui avait imprégné les oreillers lui inspira un véritable dégoût. L'aspect de son lit, avec ses draps chiffonnés, lui déplaisait à un point tel qu'il n'avait plus envie de se coucher.

Obéissant à son impulsion, il retira sa robe de chambre et se rhabilla avec célérité. Il prit un pardessus dans la penderie, mais laissa son chapeau et sortit nu-tête de sa cabine pour aller faire un tour sur le pont-promenade.

En dépit de l'heure tardive, on entendait encore des éclats de voix et des rires en provenance du fumoir où se réunissaient, tous les soirs, les buveurs acharnés. Ils s'y attardaient très avant dans la nuit, sur des sofas recouverts de velours et devant des tables encombrées de bouteilles. Les plus enragés s'y trouvaient encore.

Sur les paquebots, on a l'impression que certains passagers ne dorment jamais. Le grand salon était cependant désert cette nuit-là, hormis quelques stewards fatigués qui erraient encore. Personne d'autre ne pouvait remarquer lord Saire qui se promenait d'un pas énergique sur le pont des première classe.

Comme il avait besoin d'air frais, il abandonna le pont couvert et grimpa lestement sur le pont supérieur où des jeux devaient être organisés sitôt que l'on naviguerait en eaux calmes.

Dans la journée, c'était un endroit particulièrement bruyant et animé : les sportifs y prenaient de l'exercice et les enfants y jouaient à cache-cache derrière les cheminées, les mâts et les éléments des superstructures.

Les toiles de tente qui devaient bientôt servir à protéger les passagers de l'ardeur du soleil dans la mer Rouge étaient déjà en partie installées. Cependant, les trois quarts du pont restaient dégagés et lord Saire prit plaisir à observer les étoiles. L'air du large rafraîchissait son visage.

La traversée du golfe de Gascogne avait été très rude, mais aussitôt après, le temps s'était amélioré, et il faisait exceptionnellement doux pour la saison depuis que le paquebot était en Méditerranée. Au fur et à mesure qu'on approchait d'Alexandrie, il ferait de plus en plus chaud et lord Saire attendait avec impatience, comme beaucoup d'autres passagers, d'entrer dans la mer Rouge pour y retrouver la vraie chaleur et le soleil et oublier l'épais brouillard et le froid glacial de l'Angleterre.

Sur le pont totalement désert, lord Saire marchait les mains dans les poches, savourant sa liberté. Il ne pensait plus du tout à Rosemary Murray, mais uniquement à sa future mission en Orient et à tous ceux qu'il allait rencontrer.

Ce voyage, qui le mènerait dans des endroits où il n'était jamais allé, prenait, comme chaque fois qu'il partait vers des pays inconnus, un parfum d'aventures. Il devait encore se documenter avant de débarquer.

Il avait décrit un demi-cercle et s'avançait vers la poupe lorsqu'il eut la surprise d'entendre prononcer son nom.

C'était une voix féminine qui sortait de l'ombre projetée par l'une des grosses cheminées.

Il tourna la tête, furieux d'être dérangé dans ses méditations et aperçut une mince silhouette qui s'avançait vers lui. Dans la faible clarté qui tombait des étoiles, il vit un visage très pâle qui levait ses grands yeux vers lui, tandis qu'une petite voix murmurait :

– Pardonnez-moi... Oh! pardonnez-moi, je vous en prie... J'ai besoin de votre aide.

Alors, brusquement, il se souvint! Il se rappela où il avait vu ce petit visage en forme de cœur et entendu cette même voix.

– Miss Alvinston! Par exemple! Vous êtes à bord?

– Oui, mais je ne devrais pas être ici, sur ce pont. Je suis montée pour me cacher. Et j'étais en train de me demander comment j'allais pouvoir... vous trouver, pour vous demander de... m'aider, balbutia Bertilla.

– Vous vous cachez? Mais de qui?, demanda-t-il tout à fait déconcerté.

Bertilla jeta un regard angoissé derrière elle, inquiète à la pensée que quelqu'un pourrait l'entendre. Elle s'appuya sur la rambarde et lord Saire vit que sa main tremblait.

– Qui vous a ainsi bouleversée? Et pourquoi êtes-vous ici, en pleine nuit, à pareille heure?

Elle essaya de s'expliquer :

– C'est parce que... je voulais vous parler. Je ne voudrais pas vous importuner. Je sais bien que je suis un embarras... mais je ne sais pas quoi faire.

Elle paraissait si effrayée, ses paroles avaient un accent si pathétique que lord Saire répondit gentiment :

– Soyez certaine que je ferai tout mon possible pour vous aider. Nous pourrions peut-être nous asseoir quelque part, suggéra-t-il, cherchant des sièges du regard.

Toutes les chaises longues avaient été rentrées pour la nuit. Il ne leur restait plus que le banc de bois fixé au pied du mât.

– Allons nous asseoir là, dit-il en glissant la main sous le coude de Bertilla.

Il n'y avait que quelques pas à faire. Dès qu'ils se furent assis, Bertilla se tourna vers lui, tout en retirant le foulard de mousseline qu'elle avait noué sous son menton. Ses cheveux libérés brillaient dans la pénombre et le jeune homme admira leur blondeur à la lumière des étoiles.

Elle croisa les mains et commença :

– Je pense que vous allez me trouver bien sotte... et bien stupide. Mais je ne sais vraiment pas quoi faire... et il n'y a personne... personne... à qui je puisse demander conseil.

– Je crois qu'il faudrait commencer par le commencement. Dites-moi d'abord ce que vous faites sur ce navire, quand je vous croyais à Londres, galopant dans Hyde Park.

– Je comprends. Mais maman avait pris ses dispositions pour m'envoyer au loin, répondit Bertilla.

– Où cela?

– A Sarawak... chez ma tante qui est missionnaire là-bas.

– Chez une missionnaire, réellement?

– Oui. Maman veut que je devienne missionnaire, moi aussi; et elle n'avait pas d'autre endroit où m'envoyer.

Le ton de la jeune fille était bien plus révélateur que ses paroles. Lord Saire comprit à quel point elle était effrayée et horrifiée à cette perspective.

Il serra les mâchoires en pensant à lady Alvinston. Elle lui avait toujours inspiré de l'aversion. Il la trouvait dure, insensible, mais il avait la preuve, ce soir-là, que son intuition ne l'avait pas trompé. Gardant ses pensées pour lui, il se contenta de dire :

– Ainsi, vous partez pour Sarawak. Et avec qui voyagez-vous?

– Avec personne, et c'est justement ce qui me cause des ennuis, répondit-elle.

– Personne? répéta-t-il, abasourdi.

Theydon Saire avait du mal à le croire. Comment une femme de la haute société, ayant la position de lady Alvinston, pouvait-elle faire voyager sa fille sans chaperon, surtout une fille aussi jeune et aussi inexpérimentée que Bertilla, et pour un si long voyage?

Il n'ignorait pas que, parfois, les jeunes filles devaient voyager seules pour aller rejoindre leurs parents ou des amis aux Indes ou en quelque autre territoire de l'Empire britannique. Mais on leur trouvait toujours quelqu'un qui leur servait de chaperon pendant les traversées en mer. Il arrivait ainsi à des épouses de diplomates ou d'officiers supérieurs de se retrouver avec la responsabilité d'une demi-douzaine de petites « protégées » qui étaient quelquefois d'ailleurs une grande source d'embarras.

Mais envoyer sa fille absolument seule, cela ne s'était jamais vu... Lord Saire en restait confondu, incapable de trouver quoi répondre. Il écoutait Bertilla :

– Je sais bien que je suis assez âgée pour savoir me débrouiller toute seule... Seulement, figurez-vous... comme je voyage en seconde classe... il y a un homme...

– De quel homme s'agit-il? demanda-t-il, d'un ton presque violent.

– C'est un... Hollandais... mais je pense qu'il doit avoir du sang javanais... et il ne veut pas me laisser tranquille, expliqua-t-elle.

Puis, comme lord Saire ne disait toujours rien, elle poursuivit en croisant nerveusement ses mains :

– Vous devez certainement me juger stupide. Maman me dit toujours que je suis idiote... mais je ne parviens pas à l'éviter... Alors je passe presque tout mon temps enfermée dans ma cabine... Mais...

La voix de Bertilla avait chaviré, comme si elle n'osait continuer. En voyant qu'elle cherchait ses mots, lord Saire demanda très doucement :

– Que s'est-il passé?

Il avait fort bien compris, sans que Bertilla ait eu besoin de le dire, que la situation avait atteint un point critique.

– Eh bien! tous ces derniers soirs, depuis que nous sommes en Méditerranée... il m'a fait envoyer des cadeaux par le steward : des chocolats et autres choses que l'on peut acheter à bord... J'ai beau les lui renvoyer... Il n'y a rien à faire : il persiste et il m'envoie des petits mots pour me prier de venir prendre quelque chose avec lui au bar. Il avait déjà tenté de m'offrir une coupe de champagne le premier jour de la traversée. Mais je me suis sauvée en courant... Depuis, je continue à courir pour lui échapper. Mais cela n'est pas très efficace... Cela ne sert à rien... soupira-t-elle.

– Et ce soir, que s'est-il passé? demanda avec douceur le jeune homme.

– Quand je suis retournée dans ma cabine aussitôt après le dîner, – je m'éclipse toujours de la salle à manger, vous savez, de peur qu'il n'essaie de me suivre – et quand j'ai voulu fermer la porte... je me suis aperçue que la clé et le verrou avaient disparu, dit-elle en fixant lord Saire avec des yeux pleins d'effroi.

Les traits de lord Saire se figèrent et il s'écria d'un ton furieux :

– C'est inadmissible! Une chose pareille ne devrait pas se produire sur un navire bien tenu.

Ce qui s'était passé se devinait aisément. La surveillance était beaucoup moins rigoureuse à l'étage des seconde classe qu'en première et le steward s'était laissé acheter.

Après quelques instants de réflexion, lord Saire enchaîna :

– C'est alors que vous avez décidé de monter jusqu'ici.

– Je ne savais vraiment plus quoi faire. Naturellement, je n'ai pas le droit de venir sur le pont des première. Mais, si j'étais restée sur le pont des seconde, il m'aurait trouvée et je n'aurais pu lui échapper.

Bertilla paraissait horrifiée à cette perspective et lord Saire devinait que l'homme – dont il imaginait bien le genre – avait littéralement terrorisé la malheureuse enfant qui était affolée à l'idée de ne plus pouvoir se débarrasser de lui.

« Mais comment donner entièrement tort à cet homme? songea le jeune homme. Toute femme voyageant seule est bonne à prendre. C'est une proie offerte et qui sait à quoi s'en tenir. Comme il est hollandais, il est incapable de se rendre compte de la position sociale de Bertilla puisqu'elle n'est pas accompagnée d'un chaperon comme le sont toujours les jeunes filles de la bonne société, qui ont au moins une femme de chambre avec elles. »

La jeune fille le fixait avec des yeux éperdus. Il se rappela un épagneul qu'il avait eu autrefois et qui le regardait tout à fait de la même façon, avec une confiance absolue. Elle lui fit pitié.

– Il ne faut pas vous tourmenter ainsi, dit-il en posant sa large main sur celles de Bertilla, serrées étroitement sur ses genoux.

Il eut un petit sursaut de surprise en la touchant :

– Mais vous avez les mains glacées! Vous avez froid,

s'écria-t-il. Evidemment, j'aurais dû y penser. Si vous êtes restée cachée ici pendant plusieurs heures, vous devez être transie.

– Je me suis sauvée tellement vite que je n'ai pas pris le temps de choisir mon manteau, et celui qui m'est tombé sous la main est vraiment léger, expliqua la jeune fille.

– Vous allez venir avec moi. Je vous ferai servir une boisson chaude. Ensuite, nous aviserons. Mais je vous jure que je réglerai votre problème.

– Je suis désolée de vous déranger ainsi, murmura-t-elle avec confusion.

– Cela ne me dérange en rien, affirma-t-il. Vous avez parfaitement bien fait de venir me demander secours. Tout ce que je regrette, c'est que vous ne l'ayez pas fait plus tôt.

Bertilla soupira puis murmura timidement :

– Vous êtes vraiment trop bon. Mais... maman serait très fâchée contre moi, si elle savait que je vous ai parlé.

Lord Saire se souvint aussitôt des mensonges que lady Alvinston lui avait débités au sujet de sa fille et dont il n'avait pas été dupe. Avec son expérience des femmes, il n'avait pas cru un seul instant que Bertilla n'avait que quatorze ans et qu'elle avait été mise à la porte du pensionnat. Il imaginait mal Bertilla commettant une faute assez grave pour le mériter. Il sourit.

– Eh bien, oublions votre mère, voilà tout! Dans l'immédiat, elle ne peut pas savoir que nous sommes ensemble; vous n'avez donc pas d'inquiétude à avoir.

Bertilla sourit enfin :

– C'est très mal de penser ainsi, je le sais bien. Mais tant pis... Maman n'en saura rien, comme vous le dites!

– Venez vite.

Ils descendirent l'échelle qui menait au pont inférieur. Lord Saire ouvrit une porte et dès que la chaleur du salon l'enveloppa, Bertilla eut l'impression d'être à l'abri de tout danger. Elle avait eu terriblement froid sur le pont, à cause de la fraîcheur de la nuit, mais surtout parce qu'elle avait eu peur.

Jamais elle ne parviendrait à décrire à lord Saire sa peur croissante de Van da Kaempfer au fur et à mesure qu'il la traquait de plus près.

Elle le rencontrait partout où elle allait comme s'il la guettait.

A la fin, elle ne parvenait même plus à manger tant elle sentait son regard peser sur elle pendant tout le repas. Elle sursautait chaque fois que l'on frappait à la porte de sa cabine, appréhendant un nouveau cadeau ou une autre missive venant de lui.

Elle s'était torturé l'esprit, se demandant si elle ne ferait pas mieux de l'aborder franchement et de lui ordonner de la laisser en paix, ou de le menacer de mettre le capitaine au courant de ses agissements s'il persistait à l'importuner.

Mais elle y avait renoncé, se rendant compte qu'il était impossible de dire ce genre de choses à un homme en public, et elle ne voulait pas prendre le risque de se trouver seule avec lui. Elle frissonnait à la seule pensée de ce qu'il pourrait oser faire si elle se trouvait jamais à sa merci, sans témoin. Jamais aucun homme ne l'avait ainsi terrorisée. La plupart de ceux qui étaient en relation avec sa tante à Bath étaient assez âgés et plutôt ternes. Ils faisaient un brin de conversation avec elle dans le hall de l'établissement thermal. Quelques officiers en retraite étaient assez souvent invités à dîner ou à prendre le thé avec leurs épouses chez sa tante. Tous lui avaient fait des compliments et dit des choses aimables et flatteuses, mais sur le mode conventionnel et plaisant. Aucun ne l'avait effrayée.

La panique que déclenchait en elle la vue de Van da Kaempfer était nouvelle et inexplicable, car elle était encore pleine d'innocence et ne pouvait comprendre ce qu'impliquait réellement l'amour. Elle savait seulement qu'une affaire d'amour ne se limitait pas à un échange de baisers.

Par exemple, les couples d'amoureux qui étaient invités aux grandes réceptions de week-end dans les demeures campagnardes des amis de sa mère jouissaient d'une bien plus grande intimité que les autres. Elle se souvenait aussi d'une scène entre ses parents à propos d'un homme invité chez eux.

Son père était furieux. Il disait ne pouvoir tolérer qu'un de ses hôtes prenne de telles libertés avec la femme qui portait son nom. Lady Alvinston avait répondu d'un ton dédaigneux :

– Vous êtes ridicule, mon pauvre George! Si Francis est tombé amoureux de moi, qu'y puis-je?

– Vous pourriez au moins ne pas l'encourager. Ensuite, ne croyez pas que je vous laisserai aller passer le week-end prochain au château de Dovacourt, avec ce jeune freluquet qui dormira dans la chambre voisine de la vôtre, avait rétorqué George Alvinston d'une voix tonitruante.

– George, vos insinuations sont réellement intolérables, avait répliqué lady Alvinston d'un ton qui manquait de conviction.

Bertilla avait trouvé cette conversation bien obscure, mais elle s'était cependant demandé si cet inconnu dénommé Francis était ou non l'amoureux de sa mère.

Les livres d'histoire lui avaient appris nombre d'anecdotes sur les amours des princes. Bien qu'il ne fût pas d'usage de s'étendre sur ces sujets dans les classes, il était impossible de passer sous silence le rôle des femmes qui ornèrent la cour du roi Charles II (1).

Bertilla savait ainsi qu'il existait des favoris et des favorites. La position de Mme de Maintenon et de Mme de Pompadour à la Cour de France était bien connue. On ne faisait aucun mystère, non plus, sur la

(1) Charles II d'Angleterre (1630-1685).

conduite du roi George IV d'Angleterre (1) et sur la place qu'il avait donnée, d'abord à Mrs Fitzherbert et, plus tard, à lady Hereford et à lady Cunningham. Sans avoir appris grand-chose de concret sur l'amour dans les livres scolaires soigneusement expurgés, Bertilla avait compris que les femmes disposaient d'une arme dangereuse dont elles se servaient depuis le début des temps. Mais elle était absolument certaine que l'amour était quelque chose de tout à fait différent de ce que recherchait l'abominable Van da Kaempfer.

Instinctivement, elle savait qu'elle eût préféré mourir plutôt que de le laisser poser la main sur elle. Et les grosses lèvres de cet homme lui soulevaient le cœur de dégoût, rien que d'y penser.

Lord Saire ne fit pas asseoir Bertilla dans le grand salon, bien qu'il fût désert. Il la mena dans le salon de correspondance où il était certain que personne ne venait jamais à pareille heure.

La pièce était meublée de petits bureaux garnis de larges sous-main et d'encriers, mais il y avait aussi un vaste canapé contre le mur du fond.

– Asseyez-vous. Je vais aller vous chercher quelque chose de chaud à boire pour éviter que vous n'attrapiez un rhume, dit-il à Bertilla.

Elle leva les yeux sur lui avec cette expression de confiance éperdue qui l'avait déjà ému sur le pont; mais cette fois il la voyait dans la lumière qui faisait briller les cheveux d'or de la jeune fille. Il l'enveloppa de son sourire séduisant.

– Vous êtes en sécurité ici et je puis vous laisser seule deux ou trois minutes. Je vais seulement à la recherche d'un steward, lui dit-il pour la rassurer avant de sortir du salon.

Il resta absent beaucoup plus longtemps que prévu. Et il n'était pas encore revenu, quand le steward apporta un plateau chargé d'une cafetière fumante, d'une tasse et de deux verres de cognac.

(1) George IV (1762-1830).

– Prenez-vous du lait, madame? demanda le serveur tout en remplissant la tasse de Bertilla.

Il avait une voix calme et impersonnelle qui aida Bertilla à se reprendre et à dissiper son angoisse.

Car la rencontre inespérée de lord Saire ne l'avait nullement apaisée. Tout au contraire! A la panique que Van da Kaempfer lui faisait éprouver, était venue s'ajouter une nouvelle peur pendant qu'elle faisait le récit de ses malheurs à lord Saire. Elle n'avait cessé de redouter les conséquences de cette démarche, en songeant à la fureur de sa mère si jamais elle apprenait qu'elle avait enfreint son interdiction.

Enfin Theydon Saire revint. Il retira son pardessus et le déposa sur une chaise, puis s'assit à côté de Bertilla.

– Vous êtes-vous réchauffée? demanda-t-il.

Elle releva la tête, ses joues avaient repris un peu de couleur.

– Ce café est exquis, fit-elle.

– Maintenant, je voudrais bien que vous buviez un peu de cognac, déclara-t-il avec autorité.

– Je n'aime pas ça, dit-elle en faisant la moue.

– Aucune importance. Le cognac est un remède. Les nuits méditerranéennes sont traîtresses. Je suppose que vous n'avez aucune envie de rester au lit pendant deux ou trois jours.

Le regard de Bertilla s'assombrit brusquement et il devina à quoi elle pensait; aussi s'empressa-t-il de la rassurer :

– Ne vous inquiétez pas. Je viens de parler au commissaire. On est déjà en train de déménager vos bagages et de les transporter dans une cabine de première classe.

Bertilla le regarda avec stupéfaction.

– Je... j'ai peur de ne pas pouvoir payer la différence, balbutia-t-elle.

– Vous n'aurez rien à payer. J'ai fait part au commissaire de vos ennuis. Il était très ennuyé et s'est confondu en excuses. En dédommagement, il vous a attribué une cabine qui se trouvait libre depuis Malte. Cela ne vous coûtera rien.

– En êtes-vous certain? s'inquiéta encore la jeune fille.

– Je vous ai déjà dit d'avoir confiance en moi...

– Oh! alors merci! Je suis bien, bien contente... Je ne puis vous dire à quel point je vous suis reconnaissante. Ah! je savais bien que vous me sauveriez...

– Oui, mais pour être sûre d'être sauvée, buvez votre verre de cognac, tout de suite.

Bertilla obéit et fit une grimace tandis que le liquide lui brûlait la gorge.

– Je vais boire un peu de café pour faire passer le goût, déclara-t-elle.

– C'est une excellente idée. Et maintenant, il ne vous reste plus qu'à oublier cette triste expérience et à bien profiter du restant de ce voyage.

– Et... « il » ne pourra réellement pas me rejoindre, n'est-ce pas... puisque nous ne sommes plus dans la même classe? demanda-t-elle d'une toute petite voix.

Comprenant qu'elle avait encore besoin d'être rassurée, lord Saire affirma d'un ton ferme :

– Non et non! Vous ne serez plus jamais importunée par ce type. Mais ce ne serait pas arrivé si vous n'aviez pas voyagé seule, il faut bien le reconnaître. Je suppose que vous vous rendez bien compte que c'est une chose qui ne se fait pas.

– Maman ne pouvait pas me faire accompagner. Le voyage coûtait trop cher.

– Je ne puis m'empêcher de penser que Madame votre mère aurait beaucoup mieux fait de ne pas vous envoyer à Sarawak. C'est un pays sous-développé et très primitif, bien que le rajah qui le gouverne soit un Blanc. Je pense que vous le saviez?

– J'ai entendu parler de sir Charles Brooke, oui, mais je sais très peu de chose sur lui.

Tout en disant ces mots, Bertilla avait jeté un regard autour d'elle. La bibliothèque tant vantée dans la brochure du *Coromandel* était installée dans le salon de correspondance. Des livres tapissaient tout un mur de la pièce sur des étagères fermées par des portes vitrées.

Lord Saire suivit le regard de Bertilla.

– Oui, dit-il, je pense que vous trouverez là pas mal d'ouvrages qui vous intéresseront. Et, s'il n'y a rien sur Sarawak, j'essaierai de trouver quelque chose demain à Alexandrie.

– Vous êtes trop aimable... vraiment trop gentil, se récria la jeune fille qui ajouta, songeuse : j'avais très envie de visiter Alexandrie, mais ce ne serait peut-être pas très raisonnable de descendre à terre...

Bertilla pensait uniquement à Van da Kaempfer. Mais lord Saire lui fit la leçon :

– Non, vous ne pouvez en aucun cas vous promener toute seule dans les rues d'Alexandrie. Je vais essayer de trouver quelqu'un pour vous accompagner, au cas où j'en serais empêché moi-même.

Bertilla secoua la tête en signe de dénégation.

– Non, je ne veux pas vous importuner plus longtemps. Ne vous occupez plus de moi. Maintenant que j'ai changé de classe, je me débrouillerai très bien toute seule.

– Oh ! Oh ! Je n'ai pas une si grande confiance dans vos capacités à cet égard, moi ! J'ai plutôt l'impression que vous attirez les catastrophes, remarqua-t-il avec un sourire taquin.

Elle lui jeta un regard timide, n'osant rien répondre, et il enchaîna d'un ton pince-sans-rire :

– Les porteurs de bagages vous écrasent le pied, vous trouvez un ogre sur un paquebot de luxe... Dieu sait ce qui va vous arriver pendant la traversée de la mer Rouge et quand vous débarquerez chez les chasseurs de têtes de Sarawak !

Lord Saire ne faisait que plaisanter comme il l'eût fait avec n'importe quelle femme dans un salon. Mais Bertilla n'avait pas l'habitude de ces badinages. Elle le prit au sérieux et ses yeux se remplirent de larmes. Il ajouta aussitôt :

– Mais, voyons, je ne faisais que vous taquiner. Je suis certain que votre période de malchance est tout à fait terminée.

Bertilla soupira.

– J'ai eu de la chance, en tout cas, que vous soyez à bord. Cela m'a réconfortée de vous voir embarquer sur le même bateau que moi. Mais je n'avais pas du tout l'intention d'abuser de vous à ce moment-là, je vous assure.

Lord Saire avait rarement eu affaire, dans sa vie, à des femmes qui lui parlaient ainsi. Elles étaient toujours prêtes à abuser, elles se précipitaient sur lui et se l'appropriaient sans lui demander son avis. La discrétion de Bertilla le surprenait agréablement. Il répondit avec chaleur :

– Vous n'abusez pas du tout. Vous ne m'importunez pas, au contraire; et je vous jure que cela me fait plaisir de vous venir en aide. Je souhaite vraiment que le beau voyage que nous allons faire soit agréable pour vous, comme il le sera pour moi. Personnellement, j'aime la chaleur et c'est une joie pour moi de visiter de nouveaux pays.

– C'est exactement ce que je pensais au moment du départ. Mais j'ai gâché mon plaisir en prenant peur sans raison : je suis stupide.

Il la reprit d'un ton grave :

– Non, dans votre situation, ce n'était pas du tout sans raison. Mais vous n'y êtes pour rien et c'était inévitable. Donc, vous n'avez pas à vous reprocher d'avoir eu peur. La seule chose que vous devez faire, c'est d'oublier ce qui est arrivé et de ne plus penser qu'aux belles journées à venir.

Lord Saire avait parlé avec une grande douceur, comme à un enfant. Bertilla en fut tout émue et des larmes perlèrent dans ses yeux gris. Il s'en aperçut quand elle releva la tête.

– Personne jusqu'ici ne m'avait encore témoigné autant de bonté... Je suis certaine que si papa était là, il vous serait reconnaissant et tiendrait à vous remercier. J'ai une profonde gratitude pour vous. Croyez-moi quand je dis que c'est du fond du cœur que je vous dis merci.

Quand Bertilla eut rejoint sa nouvelle cabine, lord Saire regagna la sienne.

En se mettant au lit, il pensait encore à elle avec une certaine pitié; mais en même temps il se sentait envahi d'un profond dégoût pour la conduite de lady Alvinston.

« C'est bien là tout ce que l'on peut attendre de ces reines de beauté qui prennent des airs de déesses olympiennes dans les salons, mais se conduisent comme des démons dans leur famille, ainsi que je le disais l'autre jour à d'Arcy. »

Il revint au problème que lui posait Bertilla : il allait lui falloir beaucoup de diplomatie et de subtilité pour le résoudre.

Il ne pouvait lui servir de chaperon pendant le reste du voyage sans donner prise immédiatement aux commérages. D'autant plus que les bonnes langues devaient déjà s'en donner à cœur joie au sujet de la sympathie qu'il avait manifestée à Mrs Murray. Ils avaient pris les plus grandes précautions; néanmoins, les autres passagers remarquèrent qu'ils se promenaient ensemble sur le pont, qu'ils plaçaient leurs chaises côte à côte et que les beaux yeux verts de Mrs Murray avaient une expression très révélatrice lorsqu'ils se posaient sur lui. Les gens ne pouvaient évidemment pas avoir la preuve de ce qui s'était passé entre eux, mais ils ne manquaient pas de faire des suppositions.

Aussi estima-t-il que, s'il apparaissait tout de suite en compagnie de Bertilla, la jeune fille risquait, en dépit de son extrême jeunesse, de devenir le point de mire et le principal sujet de conversation de toutes les femmes qui étaient à bord et qui n'avaient rien d'autre à faire que de papoter pendant toute la traversée de la mer Rouge.

Il ne pouvait, non plus, laisser la jeune fille seule dans son coin : ses appréhensions au sujet de Van da Kaempfer risquaient de renaître, si elle n'avait personne avec qui parler.

Il connaissait les femmes, leurs manières de réagir et toutes leurs humeurs : colère, passion, désir, récriminations, mais c'était la première fois qu'il en rencontrait une en proie à la peur.

Il avait été touché par l'aspect pathétique de Bertilla, toute frissonnante d'effroi, les doigts crispés, les lèvres tremblantes. Il ne se souvenait pas avoir jamais vu un visage aussi expressif ni des yeux si angoissés.

– Millicent Alvinston mériterait d'être fusillée! s'exclama-t-il tout bas dans l'obscurité.

Il fallait faire le maximum pour la pauvre enfant, en particulier lui trouver quelqu'un pour veiller sur elle.

Ce qui se passerait après le voyage ne dépendait pas de lui; il éprouvait néanmoins un cuisant regret en se souvenant... que Bertilla allait devenir missionnaire.

Lord Saire imaginait assez facilement quel type de femme devait être sa tante, car il avait eu l'occasion de rencontrer des missionnaires et il les connaissait bien.

La plupart des hommes partaient animés d'une vocation authentique. Mais les femmes étaient, malheureusement, trop souvent des êtres frustrés et agressifs. Presque toutes s'étaient retrouvées dans les missions par l'obligation de suivre leurs époux dans les pays lointains, quand bien même elles eussent préféré rester dans leur foyer.

– Pauvre petite, quelle vie l'attend! murmura le jeune homme.

C'était une tâche ingrate entre toutes de convertir les païens et de tenter d'anéantir leurs croyances ancestrales.

Cette nuit-là, il ne s'endormit pas avant d'avoir décidé ce qu'il ferait pour améliorer au moins le sort présent de Bertilla.

Le lendemain matin, Theydon Saire prit, comme chaque jour, de l'exercice sur le pont avant que les autres passagers soient réveillés; puis il partit à la recherche de lady Sandford.

Il la connaissait depuis de longues années. Elle était assez ennuyeuse, aussi l'avait-il soigneusement évitée depuis le début du voyage.

Quand il l'eut aperçue sur le pont, il vint s'installer à côté de sa chaise longue et, après les politesses d'usage, il prit sa voix la plus irrésistible pour dire :

– Je viens solliciter votre avis, figurez-vous!

Lady Sandford eut l'air assez surprise, mais flattée. Son mari lui avait fait l'éloge de lord Saire, mais elle l'avait trouvé assez arrogant et avait vite compris, dès que le *Coromandel* avait levé l'ancre, que le jeune homme n'avait aucune intention de s'encombrer de leur compagnie.

Or, ce matin-là, il était venu la trouver avec beaucoup de déférence et un sourire enjôleur. Elle posa le tricot auquel elle consacrait le plus clair de son temps et répéta d'une voix ingénue :

– Mon avis, lord Saire? A quel sujet?

– Je viens seulement de me rappeler que la fille de lady Alvinston était à bord, et je dois avouer que cela me met dans une position plutôt embarrassante.

Comme lady Sandford était tout oreilles, il poursuivit :

– Figurez-vous que j'avais rencontré lady Alvinston à Marlborough House, la veille de mon départ, et qu'elle m'avait annoncé le départ de sa fille pour Sarawak. Mais cela m'était complètement sorti de l'esprit, je ne sais pourquoi.

Une lueur maligne traversa les petits yeux ronds de lady Sandford; bien sûr elle savait pourquoi il avait tout oublié, à l'exception d'une certaine passagère rousse aux yeux verts.

Il poursuivit, impavide :

– Or, j'ai appris hier soir qu'une erreur déplorable

avait été commise par la compagnie de navigation et que miss Alvinston avait été reléguée en seconde classe.

– En seconde classe... oh! fit-elle, suffoquée.

– Oui, par suite de je ne sais quelle bévue d'un employé, poursuivit-il d'un ton détaché. Quant à moi, vous imaginerez facilement à quel point je suis honteux de mon oubli et contrarié de ne pas m'être préoccupé plus tôt du sort de cette jeune personne.

Lady Sandfort en convint :

– En effet, c'est presque impardonnable. Et où en sont les choses maintenant?

– Je sais que le commissaire lui a fait réintégrer la cabine de première à laquelle elle avait droit. Naturellement, la pauvre enfant était perdue, toute seule en bas, sans personne à qui parler, et j'imagine qu'elle a dû être assez perturbée... Elle a dû subir des épreuves plutôt désagréables.

– Oh! il doit bien se trouver quelques personnes convenables parmi les passagers de seconde classe, remarqua lady Sandford. Mais je crois qu'il y a surtout une grosse majorité d'étrangers.

Lord Saire comprit au ton dédaigneux de lady Sandford qu'il avait suffisamment éveillé sa compassion et il ajouta, très vite :

– Voilà pourquoi je me trouve dans un tel embarras. Je ne sais vraiment pas quoi faire.

Elle lui sourit.

– Je pense, lord Saire, que vous voulez me demander de m'occuper de cette jeune fille?

– Je reconnais bien là votre bon cœur et votre générosité habituelle, répondit-il, et, cette fois, il était sincère.

Presque aussitôt, il ajouta d'un ton espiègle :

– Je dois tout vous avouer, lady Sandford. Figurez-vous que je me sens complètement perdu devant les jeunes filles. Je ne sais plus du tout comment on doit s'y prendre avec elles. Le temps où je dansais avec les débutantes est déjà loin pour moi.

Lady Sandford se mit à rire.

– Ne vous inquiétez pas, je m'en charge, lord Saire. Comment s'appelle cette jeune fille?

Lord Saire se frotta le front, faisant mine de chercher.

– Attendez... Je vais essayer de m'en souvenir. Lady Alvinston me l'a dit, mais je n'ai pas fait très attention. Son prénom commence par un B; cela, j'en suis sûr... Ce doit être Belinda, ou Bertilda, enfin quelque chose de ce genre.

Lady Sandford souriait, légèrement ironique.

– Ne cherchez pas, dit-elle.

– Vous êtes la bonté en personne. Je vous garderai une reconnaissance éternelle de réparer si gentiment mes bévues.

Elle prit un ton quelque peu ironique :

– Je comprends très bien que vous ayez d'autres préoccupations. Tenez, d'ailleurs, je crois que quelqu'un cherche à attirer votre attention.

Mrs Murray venait d'apparaître sur le pont. Elle portait une toilette qui la rendait encore plus séduisante que d'habitude. Sa robe de soie était du même vert pâle que ses yeux et une immense capeline de paille ombrageait son visage, atténuant l'éclat de ses cheveux flamboyants.

– Je suppose que Mrs Murray doit vouloir me dire au revoir, déclara-t-il d'un ton détaché.

– Je n'en doute pas, répliqua lady Sandford.

A quelques pas de leur table, une paire d'yeux verts fixaient sur lord Saire un regard lourd de reproches silencieux.

Il se leva et, d'un pas allègre, s'en fut vers eux.

Bertilla était profondément étonnée et tout aussi ravie. Lady Sandford l'avait abordée avec beaucoup d'effusions au moment où le navire jetait l'ancre dans le port d'Alexandrie.

– Je vous ai cherchée partout, miss Alvinston. On vient seulement de me dire que vous étiez à bord. Je connais votre mère et je sais qu'elle serait heureuse que je veille un peu sur vous pendant ce voyage. La traversée va être pénible en mer Rouge à cause de la chaleur.

– C'est très aimable à vous, répondit-elle un peu au hasard, tant elle était surprise.

– Il faudra que vous demandiez à avoir la chaise longue qui est près de la mienne sur le pont. Et je vais m'arranger pour que vous soyez à côté de nous dans la salle à manger. Nous sommes à la table du commandant, mon mari et moi, mais il y aura une place libre, puisque Mrs Murray descend à Alexandrie.

– Merci beaucoup, dit encore Bertilla.

En fait, elle s'était très vite rendu compte que lady Sandford était une excellente personne. Le jour même, un peu plus tard, elle avait emmené la jeune fille à terre avec elle et lui avait fait visiter la ville. Elle avait loué une calèche pour que Bertilla puisse voir les ruines antiques et le célèbre front de mer.

Bertilla avait été tentée d'acheter diverses choses, mais s'en était abstenue raisonnablement afin de conserver le plus d'argent possible pour les dépenses imprévues au cours du voyage, notamment à Singapour où elle devait changer de bateau. Elle venait en effet d'apprendre avec consternation que le vapeur reliant la ville à l'île de Sarawak n'avait que deux départs par mois.

Elle allait donc devoir séjourner plusieurs jours à Singapour et se demandait si elle trouverait un hôtel assez bon marché pour ne pas risquer de se trouver à court d'argent.

Elle essayait de penser le moins possible à ce que serait sa vie une fois à Sarawak. L'avenir n'était pour elle qu'un horizon obscurci par les nuages et lui paraissait s'assombrir à mesure qu'approchait le jour où elle rejoindrait tante Agatha.

Elle préférait ne pas prononcer le nom de sa tante : à lui seul, il réveillait le souvenir de sa voix dure, méchante et de la peur qu'elle lui inspirait quand elle était petite. La sœur de son père n'avait jamais caché son antipathie pour les enfants.

Ce soir-là, Bertilla prenait le café dans le salon en compagnie de lady Sandford. Soudain, lord Saire s'avança vers elles. Il était extrêmement élégant et Bertilla songea que c'était le plus bel homme à bord. Il s'inclina respectueusement devant les deux femmes.

– Bonsoir, lady Sandford. Bonsoir, miss Alvinston, dit-il.

– Bon... bonsoir, bredouilla la jeune fille, tout étonnée d'éprouver tant de gêne, ce soir-là, pour prononcer un mot aussi banal.

Lady Sandford entama immédiatement la conversation :

– Nous avons vu des choses très intéressantes, cet après-midi, en visitant Alexandrie, Bertilla et moi. Nous avons bien profité de notre escale, n'est-ce pas, ma chère?

– C'était merveilleux! Je n'imaginais pas une ville aussi magnifique! répondit Bertilla avec enthousiasme.

– Vous trouverez facilement des livres concernant son histoire à la bibliothèque, dit-il d'un ton poli et impersonnel que Bertilla ne fut pas sans remarquer.

« On dirait que ma conversation ne l'intéresse pas », pensa-t-elle.

Il se tourna vers lady Sandford et lui dit, sur le ton de quelqu'un qui veut se faire comprendre à demi-mot :

– Je suis venu vous remercier. Il faut que je m'enferme dans ma cabine pour mettre mes dossiers à jour. J'ai négligé mon travail depuis le début du voyage et j'ai un gros retard à rattraper. Je vous prie de m'excuser de vous quitter aussi rapidement.

– Vous n'avez pas à me remercier, lord Saire, dit lady Sandford avec un sourire. C'est un grand plaisir pour moi d'avoir la compagnie de Bertilla. Mon mari est toujours d'humeur impossible quand on est en mer;

aussi suis-je bien contente d'avoir quelqu'un de jeune avec qui bavarder gaiement.

Lord Saire prit aussitôt congé et Bertilla, un peu déçue, le suivit des yeux.

A peine avait-il disparu que les deux dames furent rejointes par lady Ellenton que Bertilla avait déjà rencontrée. Elle s'assit auprès d'elles.

Son mari était un haut fonctionnaire colonial. C'était une femme de trente-cinq ans environ. Elle était très jolie et très évaporée et tous les jeunes gens la trouvaient irrésistible.

– Cet homme est fascinant, ne trouvez-vous pas? demanda-t-elle à lady Sandford.

– Qui? Lord Saire? Beaucoup de gens le pensent en effet, répondit-elle tranquillement.

– Ce n'est vraiment pas surprenant que tant de femmes, à commencer par Gertrude Lindley, mettent leur cœur à ses pieds! glissa perfidement la jeune femme.

– Je ne connais absolument pas Gertrude Lindley, répondit lady Sandford d'un ton sec.

– Mais vous connaissez Daisy?

– Bien sûr.

– Bon! Eh bien, c'est tout juste si elle commence à s'en remettre, et il y a longtemps qu'il l'a laissée tomber. Oh! ces hommes trop séduisants! Ils bouleversent nos vies! s'exclama avec complaisance lady Ellenton.

Lady Sandford ne répondit pas. Lady Ellenton, qui ne voulait pas abandonner le sujet, ajouta :

– Vous connaissez le surnom qui lui a été donné, je pense?

– Je n'en ai pas la moindre idée, répondit lady Sandford qui semblait n'avoir d'yeux que pour son tricot.

Mais Bertilla vit bien qu'elle écoutait avec avidité. Lady Ellenton se pencha pour que Bertilla ne puisse l'entendre, mais la jeune fille surprit la confidence.

– « Pirate d'Amour »! Et je trouve que ce nom lui va comme un gant!

– Vraiment? Mais pourquoi?

– Parce qu'il dérobe tous les cœurs des femmes dont il a envie; et, dès qu'il s'est emparé de leurs trésors, il s'éloigne pour faire ailleurs d'autres razzias. C'est bien ce que font les pirates!

Lady Ellenton pouffait de rire discrètement; mais une lueur méchante luisait au fond de ses yeux et Bertilla pensa :

Cette femme est jalouse. Elle voudrait bien que lord Saire la regarde; il faut dire qu'elle est assez séduisante! »

4

Quelqu'un vint s'accouder au bastingage à côté de Bertilla et elle n'eut pas besoin de tourner la tête pour savoir qui était là.

Le paquebot venait d'entrer dans le détroit de Malacca. Le soir où il avait pénétré dans la mer Rouge était déjà très lointain. La péninsule de Malaisie était sur leur gauche et le paysage enchantait Bertilla.

On longeait la côte de très près. On apercevait les arbres des grandes forêts dont Bertilla connaissait à présent toutes les essences : il y avait là des manguiers, des arbres à pain, des mangoustans, des muscadiers, outre les chênes à feuillage persistant.

Elle essayait de les identifier à distance quand lord Saire vint la rejoindre :

– Que regardez-vous donc? demanda-t-il en se penchant.

Elle releva la tête et répondit avec un sourire :

– Je vous en prie, racontez-moi tout ce que vous savez sur ce pays féerique. J'ai peur de laisser passer quelque chose sans le voir.

Il se mit à rire.

– C'est une tâche impossible que vous me demandez là. La Malaisie est si riche en choses anciennes comme en nouveautés que, chaque fois que je viens ici, je me dis que je devrais écrire un livre sur ce pays.

– J'ai lu un ouvrage sur sir Thomas Stamford Raffles, le fondateur de Singapour, et vous me faites penser à lui, dit la jeune fille d'un ton très sérieux.

Le jeune homme la considéra un instant, l'air surpris. S'appuyant sur le bastingage, il demanda :

– Je serais curieux de savoir ce que vous voulez dire.

– Je pense que vous seriez capable de faire les mêmes choses que lui : construire un port important ou créer un pays nouveau à force de volonté et de courage.

– Vous m'attribuez réellement ces qualités? demanda-t-il d'un ton légèrement moqueur.

Mais Bertilla avait un accent aussi sérieux que convaincu pour répondre :

– Je suis certaine que vous les possédez. Vous êtes de ces hommes dont le monde a besoin.

La jeune fille avait prononcé ces mots d'un ton grave comme on énonce un fait d'ordre général. Lord Saire pensa, tout en examinant le joli profil de nouveau absorbé dans la contemplation des arbres, des cases sur pilotis et des enfants qui jouaient dans l'eau au bord du rivage, que Bertilla ne ressemblait en rien aux autres femmes qu'il connaissait.

Par souci de ne pas la compromettre, il s'était interdit de la rejoindre quand elle était seule ou de lui parler pendant les premières journées qui suivirent l'escale à Alexandrie. Il avait attendu, pour se rapprocher d'elle, d'avoir traversé la moitié de la mer Rouge.

Il s'était alors aperçu qu'elle avait, comme lui, l'habitude de rechercher les recoins solitaires et d'échapper le plus possible aux mondanités du paquebot. Il la trouvait invariablement installée dans les endroits les moins fréquentés et elle se promenait tôt le matin, à l'heure où personne n'est encore debout, excepté les irréductibles amateurs d'exercice physique.

C'était l'heure où il bavardait le plus avec elle; il avait appris à la connaître et s'était aperçu qu'elle était remarquablement intelligente et toutefois très modeste. Elle n'avait pas cette arrogance prétentieuse des femmes cultivées qu'il connaissait et qui se rendaient insupportables par leur volonté de démontrer l'infériorité des pauvres hommes, de faire étalage de leurs connaissances et de se mettre en avant.

Bertilla, elle, se contentait de poser des questions pertinentes et d'écouter ce qu'il avait d'intéressant à raconter en ouvrant largement ses grands yeux gris pleins de sérieux et d'attention. Elle emmagasinait tout ce qu'il lui disait dans son esprit déjà nourri par la lecture des livres de la bibliothèque du bord et de ceux qu'il avait achetés pour elle à Alexandrie. Bertilla avait eu assez de finesse pour ne pas le remercier en public de ce cadeau qu'il lui avait fait porter discrètement dans sa cabine.

Il avait, néanmoins, reçu un petit mot de remerciement dont l'écriture claire et fine n'était pas encombrée de toutes les fioritures prétentieuses qu'employaient généralement ses correspondantes.

Theydon Saire appréciait fort ce goût de la simplicité qui caractérisait Bertilla et la sobriété avec laquelle elle s'habillait. Il n'était pas sans s'étonner du chic qu'avait la jeune fille pour porter des robes de mousseline bon marché, et il en concluait qu'elle était dotée d'une élégance innée qui la rendait séduisante et donnait de l'allure à n'importe quelle toilette.

Lord Saire répondit, ce matin-là, d'un ton songeur :

– Je me demande si je serais heureux de vivre perpétuellement dans cette partie du monde, même en y jouissant de la position brillante de sir Stamford Raffles.

– Vous auriez pu devenir un rajah blanc comme sir Charles Brooke, insista Bertilla.

Lord Saire s'était aperçu depuis longtemps que la jeune fille avait l'esprit tourné vers l'histoire et les particularités de ce pays où elle allait probablement passer toute sa vie.

Il lui raconta toute l'épopée de l'île de Sarawak et expliqua la place particulière de ce pays dans l'histoire du monde oriental, du fait qu'il était gouverné par une dynastie de rajahs de race blanche.

Il lui fit un récit, plus vivant et plus attrayant qu'aucun livre, de l'extraordinaire carrière de l'Anglais James Brooke, qui avait été élevé à la dignité de rajah de Sarawak en 1841 par le sultan de Bornéo en récompense des services qu'il lui avait rendus en écrasant une rébellion locale. Ainsi le chef du pays était-il encore actuellement un rajah blanc.

Ce jour-là, il dit à Bertilla :

– Les indigènes sont très heureux ainsi et c'est d'ailleurs un peuple sympathique.

– Pourtant, ce sont des chasseurs de têtes! se récria la jeune fille.

– Je crois que cette fâcheuse coutume a tendance à disparaître depuis que les rajahs blancs gouvernent Sarawak. En fait, les Dyak sont des gens doux et honnêtes et d'une bonté touchante. Leurs femmes sont très belles et ne connaissent pas la peur.

– La chasse aux têtes fait-elle partie de leur religion? s'inquiéta Bertilla.

– Ils n'ont pas de religion à proprement parler. Ils adorent seulement un héros légendaire, mort depuis longtemps, et ils n'ont ni dieux, ni prêtres, ni aucune cérémonie religieuse.

– Alors, pourquoi, s'ils sont heureux ainsi...

Elle s'arrêta court. Lord Saire avait parfaitement deviné ce qu'elle allait dire. Aussi expliqua-t-il :

– Les missionnaires suivent toujours les militaires

partout où les Britanniques s'installent. Ils sont persuadés que Dieu les a mis sur terre pour convertir tous les peuples au christianisme, que ceux-ci le veuillent ou non.

Bertilla eut l'impression, à l'accent cynique qui perçait dans la voix de lord Saire, que celui-ci doutait du bien-fondé de ce prosélytisme. Au bout d'un moment, elle hasarda :

– Croyez-vous que les païens ne peuvent pas aller au paradis?

– Je ne le crois pas! s'exclama-t-il. D'ailleurs, je suis convaincu qu'il doit exister plusieurs paradis. Un ciel pour les chrétiens, un nirvâna pour les bouddhistes, et un paradis rempli de jolies femmes pour les mahométans. Les Dyak ont certainement un endroit propre où ils peuvent collectionner les têtes sans devoir tuer personne!

Bertilla éclata de rire.

– C'est tout à fait ce que je voudrais croire... je suis persuadée que la religion est affaire de personne. Et puis, si les gens sont heureux comme ils sont, pourquoi intervenir dans leurs croyances?

Dirait-elle la même chose à sa tante quand elle la retrouverait à Sarawak? se demanda lord Saire. Il lui était facile de comprendre à quel point Bertilla devait redouter l'instant où le voyage s'achèverait. Aussi dit-il avec bonté :

– Ne pensez pas à l'avenir et profitez de ce que la vie vous offre aujourd'hui.

Bertilla redevint grave.

– C'est ce que je fais depuis le début de la traversée. La nuit, lorsque je contemple les vagues phosphorescentes, je me répète que nous sommes sur un bateau enchanté qui voguera éternellement et ne s'arrêtera jamais dans aucun port.

Lord Saire sourit.

– L'idée est charmante, mais en théorie seulement. Ne pensez-vous pas que nous finirions tous par nous ennuyer terriblement? J'imagine assez que la plupart des gens se querelleraient dès qu'ils entreprendraient leur second tour du monde.

Bertilla rit de bon cœur.

– C'est vrai, lui accorda-t-elle. Aussi, hier soir, lady Sandford et lady Ellenton se sont tellement disputées en jouant au whist qu'elles ne se parlent plus ce matin.

– Voyez-vous : pour que votre bateau enchanté soit aussi le bateau du bonheur, il faudrait que vous naviguiez seule à bord ou du moins avec une personne qui aurait vraiment envie d'être auprès de vous, suggéra le jeune homme.

Bertilla répondit sans aucune hésitation :

– Si on me demandait de choisir, je serais bien embarrassée pour trouver quelqu'un qui me convienne pour l'éternité.

Theydon Saire souriait en lui-même. Aucune autre femme, se trouvant en sa compagnie, n'aurait laissé passer l'occasion de relever l'insinuation; toutes se seraient empressées de se déclarer parfaitement heureuses si elles l'avaient éternellement pour compagnon.

Il fallait être Bertilla pour être si honnête et faire si peu d'embarras!

« C'est ce qui me plaît chez elle. C'est pour cela que je prends tant de plaisir à me trouver avec elle, pensait-il. Ces jours derniers, j'ai dû me faire violence pour ne pas me mettre à sa recherche. »

– Y a-t-il beaucoup d'animaux sauvages en Malaisie? demanda tout à coup la jeune fille.

– Oui, pas mal. Tous les planteurs vous diront que les tigres et les léopards sont un danger sérieux pour leurs ouvriers agricoles.

– Y a-t-il aussi des singes?

– Vous vous amuserez certainement beaucoup à observer les ébats des macaques et des écureuils volants.

– J'espère que j'aurai le temps de les voir pendant

mon séjour à Singapour. Mais cela dépendra évidemment du jour de départ du vapeur pour Sarawak.

– Vous les verrez : je vous emmènerai faire une randonnée en brousse si je peux, promit lord Saire.

Les yeux de Bertilla brillèrent d'espoir.

– J'aimerais beaucoup cela, s'écria-t-elle joyeusement. Ce serait merveilleux de faire un tour avec vous qui connaissez tout : vous me direz tout ce que je veux savoir, dit-elle avec enthousiasme.

Mais elle s'arrêta net et ajouta très vite :

– Mais je ne veux pas m'imposer... Vous avez déjà été si gentil et vous avez perdu tellement de temps avec moi! Et je sais que vous aurez beaucoup de choses importantes à faire en arrivant à Singapour.

– Cela me fait plaisir de vous aider.

– Lady Sandford a été très aimable avec moi et je n'ai eu que des moments agréables depuis Alexandrie. Tout cela grâce à vous! Alors, au cas où je n'aurais pas l'occasion de vous en reparler, je tiens à vous dire tout de suite combien je vous suis reconnaissante... si reconnaissante, pour tout! dit-elle en le fixant de ses beaux yeux gris.

– Je n'ai aucun mérite, et je vous ai déjà dit que je ne voulais pas vous entendre me remercier, Bertilla! se récria-t-il chaleureusement.

– Mais, rétorqua-t-elle, je ne puis vous exprimer ma gratitude autrement.

– J'espère..., commença lord Saire, mais il se tut.

« A quoi bon, pensa-t-il soudain, dire des mots conventionnels à cette enfant, s'ils doivent être faux? Pourquoi lui dire que j'espère qu'elle sera heureuse, puisque je suis certain, d'après ce que je soupçonne de sa tante, qu'elle ne pourra pas l'être! »

Il la considéra longuement : elle était absorbée dans la contemplation de la côte qui se déroulait sous leurs yeux. Une fois de plus, il pensa que c'était un crime contre nature de condamner une jeune fille aussi tendre et aussi sensible à passer toute son existence à s'occuper des petits indigènes et à lutter en vain pour les convertir au christianisme.

Il fallait être quelqu'un d'aussi égoïste et dépourvu de cœur que lady Alvinston pour avoir l'idée d'imposer une telle vie à sa propre fille.

Mais il ne pouvait, quant à lui, rien y faire. Il avait rendu son voyage agréable. C'est là tout ce qu'elle aurait : un beau souvenir.

Quant à Bertilla, elle était en train de penser exactement les mêmes choses; elle se disait :

« Jamais je ne pourrai l'oublier. Je me souviendrai toujours de sa bonté, de sa voix et de son visage. »

Elle savait qu'elle ne rencontrerait jamais un homme aussi élégant et aussi imposant.

Et elle pensait de nouveau : « Bien sûr, il serait parfaitement capable de faire tout ce que sir Stamford a fait et peut-être même beaucoup mieux que lui. Il sait diriger et commander. Il a les qualités d'un chef : les hommes le suivraient là où il les conduirait. »

Elle comprenait pourquoi toutes les femmes le trouvaient irrésistible et tombaient amoureuses de lui.

La nuit, lorsqu'elle tardait à s'endormir, elle se demandait parfois ce qu'il disait à ces femmes avec lesquelles il flirtait; quelle impression cela faisait-il quand il vous donnait un baiser... Et il lui arrivait de rougir de ses propres pensées.

Il lui était impossible d'empêcher son cœur de battre quand il était près d'elle; en ces instants-là, elle se sentait bizarrement émue et elle frissonnait chaque fois que leurs coudes se frôlaient.

Ce matin-là, il ne s'attarda pas plus que les autres jours, et, quand il l'eut quittée, elle écouta le bruit de ses pas décroître avec l'impression qu'il emportait son cœur avec lui.

Demain matin, très tôt, le *Coromandel* jetterait l'ancre dans le port de Singapour. Et lord Saire lui dirait adieu. Malgré sa promesse de l'emmener visiter la contrée, il l'oublierait, repris par ses obligations officielles, accaparé par les dignitaires locaux et toutes sortes de personnages importants.

« Il y aura de belles femmes aussi; et il en découvrira peut-être qui le séduiront comme Gertrude Lindley ou Mrs Murray... », pensait-elle avec mélancolie.

Elle avait à peine entrevu Rosemary Murray qui était descendue à Alexandrie. Mais elle savait beaucoup de choses sur elle et sur ses relations avec lord Saire par les commérages de lady Ellenton, laquelle ne manquait pas d'en rajouter. On eût dit que les aventures amoureuses de lord Saire constituaient le seul sujet de conversation des femmes sur le *Coromandel;* aussi Bertilla avait-elle appris beaucoup de choses, notamment le nom de Daisy et de ses autres admiratrices.

Elles délaissaient même leurs commentaires habituels sur la conduite du prince de Galles et des innombrables femmes qu'il attirait, pour évoquer les aventures sentimentales de lord Saire qui les fascinait parce qu'il était présent et qu'elles pouvaient faire sans fin l'apologie de ses charmes et de son pouvoir de séduction.

Bertilla écoutait tout cela avidement mais ce qu'elle découvrait ne diminuait en rien à ses yeux le prestige de son bienfaiteur qu'elle admirait profondément. Et même, cela ne faisait qu'accroître les sentiments qu'elle éprouvait à son égard.

Elle se disait qu'il était normal qu'un homme aussi beau que lui fût assailli par les femmes et qu'il se laissât séduire. Toutefois jamais l'idée qu'elle pourrait, elle aussi, lui plaire ne l'effleura.

Bertilla se jugeait trop insignifiante et sans attrait pour lord Saire qui évoluait dans une sphère à laquelle elle ne pourrait jamais accéder.

Elle se contentait d'éprouver pour lui une reconnaissance éperdue, comme un mendiant sur le pas de sa porte, pour les miettes qu'il lui jetait par bonté. Il était comme l'incarnation de tous les héros de ses lectures et de ses rêves.

Lorsque le soleil commença à descendre à l'horizon, ce soir-là, l'air avait à peine fraîchi et il faisait encore très chaud.

La plupart des passagers étaient bien trop alanguis pour quitter leur chaise longue et aller regarder la côte que longeait le navire.

Tout le pays semblait recouvert par la forêt, mais on apercevait, çà et là, des récifs de corail, des pitons rocheux, des plages de vase, des marécages où poussaient les manguiers. La plupart des arbres étaient couverts de fruits ou de fleurs aux couleurs flamboyantes; et Bertilla, émerveillée, avait de plus en plus hâte de les admirer de près.

Elle enfila rapidement sa robe du soir et, quand le gong annonçant le repas résonna, elle descendit pour aller dîner. En pénétrant dans la salle à manger, elle jeta au passage un coup d'œil discret vers la table où lord Saire prenait toujours ses repas seul.

Par son luxe, cette salle à manger des première classe n'avait aucun point commun avec celle des seconde et ses longues tables d'hôtes. Des plantes vertes la décoraient. Les passagers dînaient assis dans des fauteuils. Un orchestre jouait en sourdine, ce qui créait une ambiance pleine de gaieté.

Bertilla considérait tout ce qui l'entourait : les nappes brodées, l'argenterie brillante, les serveurs barbus, silencieux et efficaces, tout ce luxe qu'elle allait abandonner et ne connaîtrait jamais plus.

En dépit de la chaleur, une grande animation régnait, comme il advient toujours à la fin d'une traversée. Les élégantes avaient choisi leurs robes les plus somptueuses et portaient tous leurs bijoux qui étincelaient sous les lumières.

Après le dîner, lady Sandford ayant accepté de jouer au whist, Bertilla alla s'asseoir dans le salon pour lire un moment. Elle avait pourtant très envie de sortir se promener sur le pont, mais elle savait qu'il lui fallait y renoncer : c'était une chose jugée incorrecte pour une femme seule.

Or, c'était le dernier soir, et elle avait trop envie de revoir la mer phosphorescente sous le ciel sombre piqueté d'étoiles; aussi décida-t-elle de faire semblant d'aller se coucher sagement pour ressortir discrètement plus tard, lorsque lady Sandford et tous les passagers d'un certain âge se seraient retirés dans leurs cabines.

La Malaisie avait un charme mystérieux qui exerçait sur la jeune fille un attrait indéfinissable auquel elle ne pouvait résister.

« Et puis, se disait-elle tout bas, qu'importent pour moi les conventions sociales? Je puis bien les défier ce soir, puisque je ne reverrai jamais tous ces gens lorsque je serai à Sarawak. »

Elle s'en fut donc dans sa cabine, après avoir souhaité bonne nuit à lady Sandford. Mais elle ne se déshabilla pas. Elle prit un livre pour lire en attendant que tout le monde rentre dans les cabines et que le couloir redevienne désert et silencieux. Pendant un bon moment, elle entendit les portes s'ouvrir et se refermer et des voix enjouées se crier mutuellement : « Dormez bien »... « A demain matin! »

Quand il fut un peu plus de minuit, elle estima que lord et lady Sandford étaient couchés et qu'elle pouvait mettre son projet à exécution. Elle prit seulement une écharpe de mousseline pour se couvrir les épaules, car il faisait très chaud et elle n'avait pas besoin de manteau. C'était l'une de ces « bagatelles mises au rebut » par sa mère et que la vieille Dawkins lui avait données avant le départ.

Elle eut une pensée de reconnaissance envers la vieille servante, car tous ces colifichets lui avaient été fort utiles. Elle était bien contente de pouvoir égayer ses toilettes si peu nombreuses en changeant souvent leurs garnitures, grâce aux coupes de dentelle et de ruban et surtout grâce à ces larges ceintures de couleurs variées qu'elle drapait et nouait sur le pouf de ses robes. Elle avait également utilisé les fleurs artificielles pour orner un corsage de robe du soir toute simple, confectionnée pendant la traversée.

Ayant drapé l'écharpe de mousseline sur ses épaules nues, elle jeta un coup d'œil dans son miroir pour vérifier si elle était convenablement coiffée avant de sortir.

Elle pensait que lord Saire viendrait peut-être la rejoindre sur le pont, comme il l'avait fait quelquefois, mais elle n'osait pas y compter vraiment.

Elle allait partir lorsqu'elle entendit une rumeur grandissante au-dehors. Aussi se hâta-t-elle d'ouvrir sa porte. Le couloir était envahi par une fumée épaisse; elle jeta un cri et se mit à tousser.

Sans perdre un instant, elle courut vers le palier sur lequel donnait la cabine du commissaire de bord. L'escalier était déjà envahi par une foule de passagers sans distinction de catégories, les voyageurs de l'entrepont se mêlant à ceux des première classe. Il y avait beaucoup de Chinois, de Malais et d'Hindous, ce qui donnait à penser que le feu avait pris dans les cales du navire.

Les stewards couraient en hurlant :

– Au feu... au feu!

L'équipage se mit en devoir de mettre un peu d'ordre et de rassembler les passagers sur le pont en criant :

– Aux canots de sauvetage... tous aux canots!

Bertilla fut entraînée par la foule dans sa ruée vers la porte accédant au pont. Mais, presque aussitôt, elle vit apparaître à quelques pas d'elle la tête brune de Van da Kaempfer.

Il lui inspirait encore une telle terreur qu'elle trouva l'énergie nécessaire pour se dégager de la marée humaine qui l'emportait vers l'extérieur. Elle se déroba, recula et se précipita dans le bar attenant à la cabine du commissaire.

La pièce était absolument vide et elle respira.

– Rien ne me presse, murmura-t-elle en guettant à travers le hublot donnant sur le pont le développement des opérations. Mr Van da Kaempfer va se précipiter parmi les premiers dans une chaloupe. Je n'ai qu'à me dissimuler jusqu'au moment où je le verrai s'embarquer. Il sera loin devant moi et je ne risquerai pas de me retrouver nez à nez avec lui!

Elle regardait descendre les canots que l'on mettait à la mer un à un. Les officiers de bord aidaient les femmes et les enfants à s'y installer et s'assuraient qu'il y avait suffisamment d'hommes avec eux pour ramer.

Tout se déroulait, finalement, dans l'ordre et le calme. Il n'y avait pas de panique. Certains enfants pleuraient et leurs mères les regardaient, pâles d'inquiétude. Mais il y avait un vacarme épouvantable : aux ordres que criaient les membres de l'équipage se mêlaient le hurlement continu des sirènes et la sonnerie des cloches de détresse.

Deux ou trois canots s'éloignaient déjà dans la nuit vers la côte dont on discernait vaguement les contours. Bertilla qui les observait à travers le hublot du bar, se dit pleine d'optimisme :

« La côte n'est pas loin, c'est une bonne chose dans notre malheur! Les chaloupes n'ont pas beaucoup de chemin à faire. »

L'embarquement se faisait très rapidement; cependant il continuait à sortir des passagers du fond du bateau. Ayant entendu le bruit d'une explosion qui fit vibrer tout le navire, Bertilla se décida à quitter son refuge :

« Il est temps que je sorte sur le pont pour monter dans un canot, moi aussi. »

Mais elle hésitait. Elle appréhendait de se mélanger à cette foule qui grouillait sur le pont. Elle avait l'impression qu'elle était plus en sécurité là où elle se tenait. Cette cohue d'étrangers l'effrayait.

Soudain, elle aperçut lord Saire.

Il était encore en tenue de soirée, ce qui donnait à penser qu'il ne s'était pas couché. Il s'était joint aux officiers pour les aider à diriger l'embarquement des passagers.

Bertilla admira sa prestance et son sang-froid : « Il a plus d'allure que quiconque », pensa-t-elle.

On devinait, à distance, qu'il avait le pouvoir d'inspirer confiance et de rassurer les gens qui s'empressaient d'obéir à ses directives.

Bertilla était tellement absorbée dans la contemplation de lord Saire que presque tout le monde avait embarqué sans qu'elle s'en fût aperçue. Le pont était même complètement vide à la hauteur du bar. Il n'y avait plus que quelques retardataires ici et là sur le pont et les officiers eux-mêmes avaient disparu. Dès qu'elle s'en rendit compte, la jeune fille se décida enfin à quitter le bar.

– Cette fois, j'y vais! murmura-t-elle.

Le navire donnait déjà de la bande. Le plancher penchait sérieusement sous ses pieds et elle dut lutter pour atteindre la porte.

Quand elle surgit sur le pont désert, un officier se précipita sur elle et s'exclama, furieux :

– Où étiez-vous donc, madame? Toutes les femmes sont déjà embarquées!

Il lui saisit le bras et l'entraîna vers la dernière chaloupe déjà plus que pleine. Au moment où ils allaient sauter, lord Saire, qui attendait au haut de l'échelle, tourna la tête et s'exclama :

– Bertilla! Je vous croyais partie depuis longtemps.

Il tendit les bras pour la soulever et la déposa au fond du canot.

La jeune fille leva alors la tête et vit de longues flammes sortir par les fenêtres du salon. Le reste du bâtiment disparaissait sous un épais nuage de fumée noire.

– Il n'y a plus personne à bord; descendez dans le canot, je vous prie, dit l'officier à lord Saire qui s'exécuta aussitôt.

L'officier sauta derrière lui et le canot fut descendu

en un instant. Quand il fut à flot, tout l'arrière du paquebot était déjà dévoré par les flammes d'un gigantesque incendie.

L'officier cria, affolé :

– Eloignez-vous! Eloignez-vous!

Les hommes se mirent à ramer vigoureusement. Presque immédiatement, une formidable explosion retentit. Le paquebot tout entier tressauta. Les gerbes de flammes jaillissaient plus rouges et plus hautes vers le ciel. Le paquebot donna très vite de la gîte à tribord. Puis il commença à sombrer.

– Il coule! hurla un homme dans la chaloupe.

– Nous n'y pouvons rien, rétorqua un marin.

Impassible, l'officier ordonna sèchement :

– Droit sur la côte!

Bertilla se rendit compte que le rivage était beaucoup plus éloigné qu'elle ne l'avait cru sur le navire. Quand on était au niveau de l'eau, on appréciait mieux la distance de la ligne des arbres, qui apparaissait finalement assez considérable.

Il faisait de plus en plus sombre sur la mer. On entendait les voix sur les autres canots, mais on ne distinguait pas les embarcations.

Lord Saire vint rejoindre Bertilla et s'assit à ses côtés. Il se pencha avec sollicitude :

– Est-ce que ça va?

Elle était tellement heureuse de se retrouver dans le même bateau que lui qu'elle ne pensait à rien d'autre. Aussi répondit-elle d'un ton léger :

– Tout à fait bien! Mais que s'est-il donc passé?

– Une explosion a dû se produire dans la salle des machines qui est immédiatement devenue impraticable. Mais on ne saura sans doute jamais ce qui est à l'origine de l'accident, répondit-il d'un ton un peu distrait en regardant au loin le *Coromandel* qui s'enfonçait dans une apothéose de flammes plus hautes que les mâts.

– Lord et lady Sandford sont-ils sains et saufs? s'enquit la jeune fille.

– Je les ai vus, de mes propres yeux, monter dans un canot. Mais pourquoi n'étiez vous pas avec eux?

– Les gens se bousculaient trop. J'avais l'impression que c'était stupide et inutile de se précipiter ainsi.

– Vous risquiez pourtant qu'il ne soit trop tard, lui fit-il observer avant de se retourner pour regarder encore le paquebot qui sombrait.

Ce que Bertilla ne voulut pas dire, c'est qu'elle l'avait aperçu et qu'elle avait eu la conviction inébranlable que, tant qu'il était près d'elle, elle ne courait aucun danger.

Les marins ramaient avec énergie et la chaloupe filait à bonne allure. Ils aperçurent bientôt des lumières clignotantes qui se déplaçaient devant eux sur ce qui devait être une plage.

– Où allons-nous débarquer? demanda Bertilla, curieuse. Je me demande ce qui va nous arriver lorsque nous aurons atteint le rivage.

Il y avait, malgré tout, un peu de nervosité dans sa voix. Lord Saire s'en aperçut et expliqua d'un ton rassurant :

– Nous serons en parfaite sécurité. Les Malais sont de braves gens et n'ont que des intentions amicales envers nous. De plus, nous sommes tellement près de Singapour que nous trouverons sans peine quelqu'un qui nous offrira un lit pour terminer la nuit.

Il avait parlé tout bas. Tout à coup, il avança la main et s'empara de celle de Bertilla.

– Vous n'avez pas peur, n'est-ce pas? ajouta-t-il.

– Non... quand je suis avec vous, je n'ai pas peur.

Les doigts de lord Saire accentuèrent leur pression. Au bout de quelques instants, elle dit d'une voix presque rieuse :

– C'est la troisième fois que vous me sauvez. Mais, cette fois-ci, ce n'est vraiment pas ma faute!

– Eh bien, vous devez être contente!

D'après le ton, elle devina qu'il souriait.

Déjà, l'officier donnait des ordres pour amener le bateau sur la plage. Les rameurs abandonnèrent leurs avirons. Quelques hommes sautèrent dans l'eau pour haler le canot sur le rivage.

Les passagers des autres embarcations étaient déjà à terre et leurs voix parvenaient à eux.

Quelques indigènes, vêtus seulement d'un pagne, surgirent avec des lanternes et des torches. Bertilla attendit auprès de Theydon Saire que tous les autres occupants fussent sortis du canot. Dès qu'il fut vide, il la prit dans ses bras et la tendit à l'officier sur la plage qui la déposa à terre.

Bertilla regardait autour d'elle avec curiosité : les indigènes entouraient les naufragés et parlaient une langue aux accents étranges. Quelques passagers se mêlaient à eux et semblaient les comprendre; d'autres étaient même capables de leur parler. Les Chinois paraissaient se faire entendre assez bien dans leur propre langue.

Brusquement, Bertilla se rendit compte qu'il n'y avait aucune autre femme dans leur groupe; elle était donc la seule à embarquer dans la dernière chaloupe.

L'officier s'approcha de lord Saire.

– Je crois que ces villageois pourront s'arranger pour vous abriter, vous et Madame, cette nuit.

Un indigène, qui se trouvait près d'eux, se proposa immédiatement, comme s'il n'avait attendu que l'intervention de l'officier. Il baragouinait un peu d'anglais :

– Je vous prends : place pour vous..., place pour vous dormir... nuit.

Lord Saire s'adressa à l'officier :

– Savez-vous si des Blancs habitent dans les parages?

– Je vais le lui demander, répliqua l'officier qui parlait couramment le malais.

L'indigène interpellé répondit avec volubilité. Lorsqu'il se tut, à bout de souffle, l'officier traduisit rapidement :

– Selon lui, il y a une maison importante où vivent

des Blancs à environ un kilomètre et demi d'ici. Il faut traverser la forêt. Il accepterait de vous y conduire, si vous le payez, bien entendu.

– Il sera payé, naturellement. Demandez-lui le nom du propriétaire de cette maison, répondit lord Saire.

Après un échange de paroles assez bref avec l'indigène, l'officier reprit :

– Cet homme connaît le nom, mais il le prononce à sa façon. Je pense que ce doit être quelque chose comme Henderson.

– Alors, parfait! Je le connais! s'écria lord Saire, enchanté. Dites au Malais de nous guider à travers la forêt et il sera largement récompensé.

L'officier considérait les immenses arbres noirs dont la masse dense se profilait au-dessus de leurs têtes. Il hocha la tête puis se tourna vers lord Saire :

– Pensez-vous que ce soit la bonne solution?

– Je l'espère bien. Je sais que ces forêts ont la réputation d'être impénétrables. Cependant les indigènes y circulent. Il existe des sentiers qu'ils sont les seuls à connaître.

– C'est vrai, admit l'officier. Mais vous feriez peut-être mieux d'attendre que le jour se lève.

Mais lord Saire était décidé :

– Non, nous allons partir, dit-il.

Puis il se ravisa, craignant de passer pour impoli, et il ajouta en regardant Bertilla :

– A condition que vous soyez d'accord, évidemment.

– Mais oui... certainement, dit-elle.

L'officier expliqua donc au Malais ce que le jeune Anglais attendait de lui. Puis ils partirent derrière l'indigène qui leur fit traverser la plage en les éclairant de sa lanterne.

La forêt envahissait jusqu'à la grève de gros sable. Il faisait très sombre et les arbres avaient un aspect plutôt terrifiant. Le guide marchait en tête, se glissant entre les troncs et contournant les buissons qui semblaient leur barrer le chemin. Il écartait les lianes qui s'accrochaient partout.

Lord Saire estima qu'il fallait faire quelque chose pour rassurer Bertilla. L'essentiel, quoi qu'il arrive était de ne pas se trouver séparés; il lui prit donc la main et la tint fermement, comme s'il promenait un petit enfant. Les doigts de la jeune fille se replièrent sur les siens.

Dès que la mer fut hors de vue, l'obscurité devint absolue. La jeune fille s'appliquait à fixer la lanterne qui oscillait devant eux. Ce n'était qu'un minuscule point lumineux qui zigzaguait à quelques pas, jetant çà et là une lueur furtive sur le feuillage, les fruits et les fleurs inconnus et sur l'écorce tourmentée des troncs.

Ils avançaient lentement et Bertilla, qui rassemblait ses souvenirs de lecture, se rappelait les « parfums enchanteurs de la forêt qui embaument les nuits ».

L'odeur exquise qu'elle découvrait ne ressemblait à nulle autre. Elle venait des arbres mêmes, de leurs fleurs et de leurs fruits, de leurs essences qui se mêlaient aux arômes des plantes merveilleuses qui peuplaient le sous-bois.

Bertilla avait l'impression d'être enveloppée d'une atmosphère magique. Ils avançaient en silence. Mais tous ses sens étaient aux aguets.

Elle pouvait percevoir les mille murmures de la nature; la course des petits animaux dans les broussailles, les battements d'ailes au-dessus de leurs têtes, les mouvements des oiseaux et des bêtes dérangés par leur passage. Et elle pensait :

« Ce sont peut-être des écureuils volants : j'aimerais tant les voir! Je me demande si les gros singes guettent notre passage. Il y a peut-être même un tigre à l'affût dans la nuit. » Sans doute avait-elle instinctivement crispé ses doigts sur la main de son compagnon, car lord Saire s'arrêta net pour lui demander :

– Ça va? Nous ne marchons pas trop vite?

– Non, non. Ça va très bien, assura la jeune fille.

– Vous n'avez pas peur, au moins?

– Avec vous, non... Mais... je n'aimerais pas être toute seule ici, avoua-t-elle.

– Je vous protégerai toujours, même si je n'ai que mes mains nues; soyez en assurée! dit-il d'un ton détaché.

Elle rétorqua, un peu moqueuse :

– Ce ne serait sans doute pas très efficace contre un tigre.

– Quant à ça, je suis tranquille : notre guide s'en chargerait. Il a ce qu'il faut... répliqua-t-il en lançant un regard vers le Malais.

Bertilla suivit le regard de son compagnon : l'indigène tenait d'une main sa lanterne et de l'autre une longue lance très primitive qu'une lueur éclaira juste au même instant.

– Vous avez vu, nous disposons d'une escorte armée!

Comprenant à sa voix qu'il cherchait à la rassurer, Bertilla se dit, pleine de reconnaissance : « Il a deviné que je trouvais cette forêt menaçante, sans que j'aie eu besoin de le lui dire. Comme j'aurais eu peur, en voyant le feu à bord, s'il n'avait pas été là! continua-t-elle en elle-même. Cet horrible Van da Kaempfer aurait peut-être voulu se faire mon protecteur! Et cela, ç'aurait été pire que tout! Mais lord Saire est là, avec moi, il me tient la main... Je suis sauvée et j'ai vraiment de la chance! »

Car c'était plus que de la chance pour elle de se retrouver ainsi seule avec lui : c'était un bonheur inespéré!

Elle finit par dire à haute voix :

– C'est une aventure passionnante, au fond. Ceux qui écriront votre biographie la raconteront probablement...

– Vous persistez, je vois, à croire que je deviendrai suffisamment célèbre pour que l'histoire s'empare de ma personne, répondit Theydon en riant.

– Mais bien sûr, vous serez célèbre! On pourra peut-être raconter qu'un jour, en traversant la jungle malaise, vous avez tué un tigre à mains nues et sauvé ainsi un grand nombre de vies humaines... Qui sait? déclara-t-elle avec conviction.

Il éclata de rire et la forêt se fit l'écho de son rire.

– Vous êtes bien décidée à faire de moi un héros. Je ne ferai donc rien pour vous en empêcher, car c'est pour moi une position assez délectable.

Ainsi devisant, ils parcoururent un bon bout de chemin. La jungle devenait moins dense autour d'eux, et quand ils distinguèrent quelques points lumineux dans le lointain, le guide pointa le doigt dans cette direction en disant :

– Henderson House!

Il se mit aussitôt à accélérer le pas, comme s'il avait hâte de toucher l'argent promis.

En approchant, Bertilla découvrit que ce n'était pas une maison, mais un immense bungalow dont le toit en pente était couvert de tuiles moussues. Malgré l'heure très avancée de la nuit, presque toutes les pièces étaient éclairées. Dès qu'ils eurent atteint le jardin, ils comprirent pourquoi. A l'intérieur d'une vaste véranda qui s'étendait sur toute la longueur du bâtiment, il y avait une réception.

Bertilla pensa aussitôt qu'elle devait avoir une drôle d'apparence, dans la petite robe qu'elle avait mise avant le dîner, avec l'écharpe de mousseline emportée à la dernière minute. Elle se doutait bien que leur équipée avait causé des dégâts à cette tenue déjà très simple. Les herbes du sentier forestier avaient dû tacher de vert le bas de sa jupe blanche et maculer ses fines chaussures. Des branches s'étaient accrochées dans ses cheveux et sa coiffure était défaite.

Elle se sentit très misérable, comparée à son compagnon dont la tenue de soirée semblait toujours aussi impeccable : il avait l'air, dans son frac bien ajusté, de sortir d'une salle de bal à Londres.

« Il va avoir honte de moi! » se dit-elle quand ils s'arrêtèrent sur le seuil du bungalow, pendant que leur guide frappait à grands coups à la porte de la véranda.

Ils entendirent aussitôt des bruits de voix. A l'intérieur quelqu'un s'écria :

– Qui diable peut bien venir à cette heure-ci?

Un homme vêtu de blanc parut à la porte, un verre à la main. Il avait des cheveux gris et un visage tanné par le soleil.

Lord Saire s'avança vers lui en s'exclamant :

– Mr Henderson! Il y a des années que nous ne nous sommes pas revus. Me reconnaissez-vous? Theydon Saire... Nous allions arriver à Singapour quand le navire sur lequel je voyageais a fait naufrage...

Mr Henderson poussa de grandes exclamations et tendit la main :

– Je me souviens très bien de vous, lord Saire. Nous sommes allés ensemble chez le gouverneur. Ainsi, votre bateau a sombré, dites-vous?

– Le *Coromandel* a été dévoré par les flammes, mais tout le monde est rescapé, expliqua le jeune homme.

– Dieu soit loué! Entrez vite.

– Permettez-moi de vous présenter miss Bertilla Alvinston, l'une des passagères du *Coromandel.*

Mr Henderson secoua vigoureusement la main que Bertilla lui tendait timidement.

Pendant ce temps, Theydon Saire remettait plusieurs grosses pièces à leur guide. Et, quelques instants plus tard, ils pénétrèrent dans un confortable salon tout en longueur où six ou sept personnes étaient assises devant des verres, à bavarder.

Mrs Henderson était une petite femme boulotte et souriante d'une quarantaine d'années qui respirait la bonne humeur et la bonté.

On voyait tout de suite que les invités étaient des planteurs, comme les Henderson. Ils bombardèrent lord Saire de questions et le récit du naufrage leur arracha des cris d'horreur.

Mrs Henderson s'inquiéta du sort des passagers.

– Où sont allés les autres naufragés? demanda-t-elle.

– Il y a assez de maisons pour les accueillir dans les parages. Les plantations des Franlin et des Watson sont aussi près de la côte que la nôtre, répondit son mari.

– Je dois vous avouer que la plupart des naufragés craignaient de s'aventurer de nuit dans la jungle, dit lord Saire. Personne n'a pensé à me suivre, lorsque j'ai demandé quelle était la plantation la plus proche. Mais dès qu'un indigène m'eut dit que c'était la vôtre, je n'ai pas hésité à me lancer dans l'obscurité pour venir vous retrouver.

– J'en suis très heureuse, répondit Mrs Henderson en souriant, puis elle sonna pour faire apporter de quoi restaurer les voyageurs.

Leur arrivée inopinée avait créé beaucoup d'animation et ils durent soutenir le feu des questions pendant une bonne heure, sans même se rendre compte du temps qui s'écoulait. Bertilla eut tout à coup très sommeil. Mrs Henderson s'en aperçut et lui dit gentiment :

– Ce dont vous avez besoin, ma chère petite, c'est d'une bonne nuit de repos.

Avant même que Bertilla ait pu répondre, lord Saire intervint :

– Malheureusement, nous n'avons que ce que nous portons sur nous.

Mrs Henderson sourit avec bonté.

– Nous pouvons vous fournir tout ce dont vous avez besoin. Vous connaissez la célérité des tailleurs de Singapour, lord Saire : nous vous ferons faire dans les vingt-quatre heures plus de vêtements que vous n'en auriez acheté à Londres dans le même temps.

Lord Saire dit en riant :

– J'espère que vous dites vrai, car je ne voudrais pas aller me présenter chez le gouverneur en habit de soirée.

– Soyez tranquille, nous ferons ce qu'il faut, promit Mrs Henderson.

Lorsque Bertilla fut couchée dans la chambre où leur aimable hôtesse l'avait installée, elle retourna longtemps le problème que posait pour elle l'achat de cette nouvelle garde-robe :

« J'ai si peu d'argent ! » se répétait-elle avec inquiétude.

Lorsque Bertilla s'éveilla, le soleil entrait à flots dans la jolie chambre qui donnait sur le jardin. Elle se leva aussitôt et s'approcha de la fenêtre pour admirer les parterres fleuris : c'était la première fois de sa vie qu'elle voyait des massifs d'orchidées.

Elle n'avait jamais vu cette fleur rare autrement que portée au corsage par sa mère lorsqu'elle allait dîner en ville, ou par les mariées dans les cortèges chics.

Jamais elle n'aurait cru la voir un jour s'épanouir par centaines dans des plates-bandes multicolores au milieu d'un jardin. Pourtant, son guide le signalait, disant aussi que les orchidées poussaient à l'état sauvage dans la jungle : mais elle ne l'avait pas cru.

Elle se demandait si elle allait oser mettre sa robe du soir pour aller prendre le petit déjeuner, mais elle n'eut pas à se poser longtemps la question : une servante frappa à la porte. Elle apportait une robe et expliqua :

– Mrs Henderson a pensé que cette robe que sa fille a laissée ici doit vous aller. Peut-être est-elle un peu trop large de taille.

La robe était beaucoup plus élégante et d'une étoffe plus coûteuse que celles que portait habituellement Bertilla. Quand elle l'eut enfilée et se fut coiffée, elle constata avec satisfaction que lord Saire n'aurait pas honte d'elle.

Néanmoins, elle se sentait assez intimidée lorsqu'elle rejoignit les planteurs qui prenaient leur petit déjeuner dans la véranda. Lord Saire était assis parmi eux. Il portait, lui aussi, des vêtements d'emprunt. Il avait une apparence toute nouvelle pour la jeune fille dans un costume de tussor blanc.

Dès qu'elle eut salué Bertilla, Mrs Henderson enchaîna :

– Nous avons envoyé chercher les tailleurs à Singapour, dès la première heure ce matin. Et maintenant, vous n'avez plus qu'à faire votre choix. Je dois avouer que c'est l'une des choses que j'apprécie le plus en Orient : faire mes achats sans entrer dans une seule boutique. C'est merveilleux!

Mais Bertilla n'éprouvait aucun enthousiasme, car elle savait qu'il lui fallait garder assez d'argent pour payer l'hôtel à Singapour avant son embarquement pour Sarawak. Elle se décida à dire, affreusement gênée :

– Malheureusement... je ne vais pas pouvoir dépenser beaucoup pour ces toilettes...

Mais lord Saire ne la laissa pas poursuivre.

– Ne vous tracassez donc pas pour cela. Nous serons dédommagés par la compagnie de navigation pour tout ce que nous avons perdu. Le seul ennui, c'est qu'il nous faudra attendre que tout soit réglé avec les assurances. Cela peut être long. Aussi, en attendant, Bertilla, vous allez tout simplement me permettre d'être votre banquier, déclara-t-il en la regardant avec un sourire engageant.

– C'est... très gentil à vous... mais, balbutia-t-elle, car elle ne pouvait pas lui dire, en présence d'étrangers, qu'elle ne voulait pas continuer à être une cause d'embarras pour lui.

Mais avant qu'elle ait pu poursuivre, Mrs Henderson intervint :

– Ne vous occupez donc pas de ces petites choses, lord Saire. Je vais m'en charger. Si miss Alvinston veut bien me le permettre – ou plutôt Bertilla, n'est-ce pas? – cela me fera tellement plaisir! J'aurai l'impression d'avoir retrouvé ma fille. Il y a si longtemps que je ne m'occupe plus de l'habiller. Elle est mariée depuis cinq ans, maintenant, soupira-t-elle.

Puis elle ajouta :

– Ce sera mon cadeau de bienvenue pour votre arrivée à Singapour, Bertilla.

La jeune fille protesta, mais l'excellente femme repoussa tous ses arguments :

– Non, non! laissez-moi faire. Mon mari vous dira que, lorsque je me suis mis quelque chose en tête, personne ne peut m'y faire renoncer.

Quelques heures plus tard, Bertilla, absolument fascinée, voyait défiler devant elle les tailleurs chinois avec des dizaines de pièces d'étoffes qu'ils déroulaient devant elle pour les lui faire admirer et choisir.

Les satins, les lamés, les mousselines multicolores et les soieries brodées de motifs variés, tous plus beaux les uns que les autres, s'étalaient sous ses yeux. Devant cette profusion, Bertilla se sentait bien incapable de choisir. Mais Mrs Henderson savait exactement ce qu'elle voulait.

Elle passait ses commandes d'une voix précise et impérative. Bertilla se récriait, confuse :

– C'est assez... je vous en prie... je vous en prie...

Mais son hôtesse ne l'écoutait pas.

– Jamais je n'aurai l'occasion de porter toutes ces jolies robes à Sarawak, finit-elle par dire.

– A Sarawak? Mais pourquoi voulez-vous aller à Sarawak? s'exclama Mrs Henderson, stupéfaite.

– C'est à Sarawak qu'habite la tante avec laquelle je dois vivre, expliqua Bertilla.

– Eh bien, vous pouvez dire que vous nous réservez des surprises! Jamais je n'aurais pensé qu'à votre âge vous vouliez aller habiter un endroit aussi solitaire.

– Je n'ai pas le choix.

– Enfin, soupira Mrs Henderson, vous aurez au moins la consolation d'avoir de jolies robes, car j'ai entendu dire que la vie était très triste là-bas. Je suis certaine que rien ne vous presse d'arriver. Alors, vous allez me faire le plaisir de rester à Singapour pour avoir la joie d'en profiter.

Bertilla ne sut que répondre. Son devoir eût été de partir sans perdre un jour pour Sarawak.

Cependant, elle ne pouvait s'embarquer pour l'île avec une robe de bal pour tout bagage, d'autant plus qu'elle était très endommagée par la traversée de la forêt.

– Allons, laissez-moi faire! déclara Mrs Henderson.

Bertilla déconcertée, était heureuse d'obéir.

Pendant le déjeuner, elle eut des nouvelles de lord et lady Sandford. Ils avaient passé la nuit dans une hutte très inconfortable, mais ensuite ils s'étaient réfugiés chez un planteur qui habitait à quelques kilomètres de là.

Lord Saire dit à Bertilla qu'il leur avait envoyé un message pour les rassurer et leur faire savoir qu'elle était en parfaite sécurité et en bonnes mains.

– J'en suis bien contente. Cela m'ennuyait de penser que lady Sandford puisse se faire du souci à mon sujet, dit Bertilla.

– Si vous vous étiez conduite comme il le fallait, vous l'auriez rejointe pour quitter le navire dès le début de l'incendie, lui fit observer lord Saire.

Mais il souriait en disant ces mots, et Bertilla comprit qu'il n'était pas fâché du tout.

– Je préférais de beaucoup me trouver avec vous, avoua-t-elle très honnêtement. (Puis elle ajouta :) D'ailleurs Mrs Henderson est, elle aussi, d'une bonté inimaginable!

– Je tiens à vous dire, au cas où vous vous tourmenteriez à la vue de ce qu'elle dépense pour vous faire plaisir, que les Henderson sont immensément riches, lui glissa-t-il à voix basse.

Elle lui répondit par un petit sourire de connivence, touchée de voir qu'il devinait le fond de sa pensée.

Il la contempla un moment, songeant qu'en dépit de l'élégante toilette qui lui avait été prêtée et de son sourire, la jeune fille continuait à avoir un petit air pathétique.

Tout cela était nouveau pour lui. C'était la première fois de son existence qu'il ressentait le besoin de protéger une femme, de la tirer d'embarras, de la consoler.

Jamais personne, jusqu'à ce jour, n'avait eu besoin de sa protection; c'était lui qui réclamait une protection contre les femmes!

Les divinités du genre de Gertrude ou de ses autres flirts étaient toutes parfaitement capables de veiller sur elles-mêmes et de s'approprier tout ce dont elles avaient envie. Dans une certaine mesure, ces femmes-là, en dépit de leur féminité, étaient de vraies amazones, toujours prêtes à se battre pour obtenir ce qu'elles désiraient. La personnalité de Bertilla était toute différente.

Pour lord Saire, le désir qu'il avait de la rassurer et de la réconforter ne venait pas seulement de ce qu'il l'avait vue en proie à la peur face à des menaces réelles. Il l'éprouvait en permanence parce que cette jeune fille lui paraissait trop frêle et trop peu sûre d'elle-même pour être capable de se débrouiller sans aide.

Il la regardait, attendri : elle se tenait un peu à l'écart, absorbée dans la contemplation du jardin ensoleillé, et il se sentait ému par sa discrétion et sa délicatesse, son désir évident de ne pas le déranger.

Theydon Saire ne pouvait s'empêcher de comparer cette attitude à tous les embarras qu'auraient faits les autres femmes dans les mêmes circonstances. Elles auraient cherché à accaparer son attention, exigé que l'on soit aux petits soins pour elles, et en même temps qu'on les complimente. En un mot, elles auraient fait en sorte d'être le centre de l'intérêt général.

Au lieu de cela, Bertilla se faisait toute petite et s'efforçait de ne pas se faire remarquer.

Pourtant, tout le monde était attiré par elle et recherchait sa compagnie : c'est que Bertilla ne se contentait pas d'écouter les autres avec ses oreilles, mais aussi leur ouvrait son cœur et son esprit.

Ce soir-là, quand la jeune fille fut montée dans sa chambre, Mrs Henderson déclara à Theydon Saire :

– Cette jeune fille est tout à fait charmante.

– Elle est encore très jeune et tout ce qui lui est arrivé est assez effarant, répondit-il.

– Elle est sans doute très jeune, mon cher ami, mais cela ne l'empêche pas de penser et de réfléchir. Elle sait apprécier ce que l'on fait pour elle : c'est une qualité bien rare, surtout de nos jours. La plupart des gens, jeunes ou vieux, croient vraiment que tout leur est dû.

Lord Saire songea que toutes les femmes qu'il avait connues se comportaient ainsi, mais il n'en souffla mot. Mrs Henderson reprit :

– Qu'est-ce que c'est que cette histoire insensée dont elle m'a parlé : elle doit s'installer à Sarawak?

– D'après ce que j'ai compris, répondit lord Saire, sa mère, lady Alvinston, l'envoie vivre là auprès d'une tante.

Mrs Henderson regarda son hôte.

– J'espère que vous ne me dites pas qu'elle va retrouver Agatha Alvinston?

– Il me semble bien que c'est le nom de sa tante.

– Seigneur! Pauvre Bertilla! Cela va être terrible pour elle. Quelle vie va lui faire cette vieille harpie! Elle est connue à Singapour où elle vient de temps en temps pour faire du scandale et extorquer de l'argent à des personnes qui sont prêtes à tout lui donner pour qu'elle s'en aille!

» Je me rappelle encore ce que disait à son sujet sir Charles Brooke, l'an dernier, lors d'un dîner donné par le gouverneur. Quelqu'un – je ne me souviens pas qui – avait fait allusion aux missionnaires, et...

Lord Saire l'interrompit :

– Je suis à peu près certain que les missionnaires sont néfastes dans cette région.

– C'est bien pis que ça. Ils ont parlé très précisément de miss Alvinston. Et je voudrais me rappeler ce qu'ils ont dit. Mais j'ai oublié...

Elle poursuivit :

– Il faut à tout prix empêcher Bertilla d'aller à Sarawak. Il ne faut pas la laisser gâcher sa vie.

Lord Saire eut un sourire.

– Malheureusement, je ne suis pas responsable d'elle. Je trouve néanmoins déplorable que tel soit son destin.

Mrs Henderson se leva lentement de sa chaise. Elle le fixa sévèrement et dit :

– Peut-être bien que vous n'étiez pas cause de ce qui lui est arrivé jusqu'ici, lord Saire. Mais, si vous voulez mon avis, vous feriez mieux de prendre vos responsabilités !

Elle quitta aussitôt la pièce, sans se préoccuper du regard effaré que lui jetait lord Saire.

Quand il fut un peu revenu de sa stupeur, il se leva et alla se servir un verre de whisky.

5

Theydon Saire fit le tour de la pièce, mais Bertilla n'était pas là.

La véranda était remplie de monde, les Henderson ayant invité tous leurs amis pour leur faire rencontrer les voyageurs. Il y avait également quelques passagers du *Coromandel*, venus avec les planteurs qui les avaient recueillis après le naufrage.

Parmi ces invités inattendus, se trouvaient des visages familiers à lord Saire, notamment lady Ellenton. Mais les Sandford n'étaient pas venus.

L'assemblée était très gaie et exubérante, les planteurs de Malaisie aimant s'amuser de bon cœur et sans contrainte. La boisson locale favorite, le « punch du planteur », stimulait la gaieté générale : à base de rhum, c'est un mélange de jus de fruits tropicaux dans lequel l'ananas prédomine. Le tout corsé avec du cognac.

Dans le salon attenant, de nombreux couples dansaient. Le piano était tenu par une grande femme tapageuse qui chantait entre les danses. L'animation ne retombait à aucun moment. Les danses devenaient même de plus en plus frénétiques à mesure que la soirée s'avançait.

Theydon, toujours à la recherche de Bertilla, passa dans la véranda. Il y avait foule là comme ailleurs. Requis de tous côtés, les boys se faufilaient dans la cohue pour apporter des boissons; et le cri presque incessant de « Boy ! » dominait le vacarme et les rires.

Theydon eut l'idée que Bertilla s'était réfugiée quelque part dans le jardin, dans un coin désert, comme elle aimait à le faire quand ils étaient sur le bateau. Et il s'en fut à travers les parterres d'orchidées.

Après avoir exploré l'ombre des frangipaniers couverts de fleurs roses, il finit par la découvrir. Elle était seule et contemplait le paysage baigné par la clarté mystérieuse du clair de lune.

Elle portait l'une des robes neuves commandées par Mrs Henderson et exécutées dans les vingt-quatre heures. Il l'avait trouvée remarquablement élégante et jolie, à l'heure du dîner.

Jusque-là, il avait toujours vu la jeune fille habillée on ne peut plus simplement. Or, la robe choisie par Mrs Henderson était très à la mode avec sa jupe élégamment drapée sur une tournure. Des bouquets de roses d'un rose pâle l'agrémentaient. Les mêmes fleurs, disposées en longues guirlandes, ornaient le corsage qui allongeait la silhouette.

La « débutante » la plus exigeante aurait été heureuse de la porter pour son premier bal à Londres, songea Theydon quand Bertilla fit son entrée dans la salle à manger. Il avait remarqué qu'elle avait tout de suite cherché son regard pour quêter silencieusement son avis.

Ce n'était pas la première fois qu'il notait cette attitude chez la jeune fille. Depuis qu'ils étaient chez les Henderson, elle cherchait son approbation chaque fois qu'elle faisait ou disait quelque chose. Non pas qu'elle lui posât jamais de questions provocantes ni qu'elle cherchât un compliment, comme d'autres l'auraient fait; mais elle le consultait des yeux et tâchait de lire une réponse dans son regard.

Il s'était dit plus d'une fois : « Elle a besoin que l'on veille sur elle. »

Cependant, il estimait que ce serait une grave erreur de sa part à lui de trop se mêler de l'avenir de Bertilla. Il ne pouvait par exemple l'empêcher d'aller chez sa tante. Quelle autre solution pouvait-il offrir?

Elle aurait sans doute pu trouver un emploi à Singapour et gagner sa vie. Mais il ne voyait pas quel genre de travail pourrait lui convenir, et il ne voulait pas demander son avis à Mrs Henderson.

Il sentait que l'excellente personne s'était mise en tête de les marier, lui et Bertilla. Et il était irrité de constater, une fois de plus, qu'il ne pouvait adresser la parole à une femme sans qu'aussitôt quelqu'un veuille faire publier les bans.

Quoi qu'il en soit, il pensait à Bertilla et à ses problèmes du matin au soir, tandis que la jeune fille s'épanouissait comme une fleur au soleil dans l'atmosphère de bonheur paradisiaque de la demeure des Henderson. Il avait bien remarqué cela, car il surveillait sans cesse son visage, guettant une lueur de joie dans ses yeux, un sourire sur ses lèvres, anxieux de voir son regard perdre enfin cette expression d'insécurité qui l'avait frappé les premières fois où il lui avait parlé. Combien de fois ne s'était-il pas dit : « C'est sa maudite mère qui est responsable chez Bertilla de cette peur de tout et de tout le monde! »

En cet instant, il pensait une fois de plus : « C'est un pauvre petit chien abandonné, prêt à faire confiance à tout le monde jusqu'au moment où il s'aperçoit que son lot est de recevoir plus de coups et d'injures que de caresses. »

En regardant la silhouette de Bertilla se profiler dans le clair de lune contre les frangipaniers et les buissons en fleurs, il s'avouait qu'il avait eu un peu peur, pendant qu'il la cherchait partout, qu'elle ait eu des ennuis avec l'un des invités.

Car il n'avait pas été sans remarquer, durant le dîner et au début de la soirée, que les jeunes gens lui tournaient autour avec beaucoup d'insistance.

Il savait pertinemment qu'une fille aussi ravissante ne pouvait manquer d'exciter les convoitises masculines, surtout dans un pays où les jeunes et belles Anglaises étaient plutôt rares. Il se souvint de l'effroi qu'il avait lu dans les yeux de Bertilla le soir où elle lui avait raconté ses déboires avec le Hollandais à bord du *Coromandel*. Il était bien déterminé à faire en sorte que pareille mésaventure ne puisse se reproduire.

Il avait marché dans le gazon sans faire le moindre bruit. Bertilla perçut pourtant son arrivée, car elle tourna la tête avant qu'il l'ait rejointe et elle lui sourit.

– Je me demandais où vous aviez disparu, dit-il, dès qu'il fut près d'elle.

– C'est si agréable d'être dehors! Rien ne peut être plus beau à voir que ce qui nous entoure ici.

– Il y a une meute d'hommes dans la maison qui voudraient danser avec vous, dit-il à dessein.

– Je préfère rester ici, surtout maintenant que vous...

Elle n'acheva pas, comme si elle eût soudainement compris que sa phrase trahissait des pensées trop personnelles. Ils demeurèrent un moment silencieux, puis Theydon reprit :

– Je tenais à vous prévenir que, demain matin, je vais partir avec Mr Henderson de très bonne heure pour inspecter sa plantation. Il possède beaucoup de terres et il nous faudra bien la journée pour tout visiter. Henderson fait des expériences : il a planté des espèces qui n'ont jamais été cultivées en Malaisie et je veux voir les résultats.

Il lui expliqua en détail ce qu'il devait faire, craignant qu'elle soit déçue de ne pas participer à l'expédition, alors qu'il lui avait promis de l'emmener visiter l'intérieur du pays.

Mais c'était une journée entièrement consacrée au travail et il devait inclure cette visite dans son rapport général.

Bertilla ne répondit pas tout de suite.

– Je suis certaine qu'il se présentera une autre occasion et que je pourrai vous demander de m'emmener avec vous, dit-elle. (Puis elle ajouta à voix très basse, en détournant la tête :) Mais... combien de temps puis-je rester ici? Je devrais peut-être partir pour Sarawak.

– J'attendais cette question, se hâta de répondre lord Saire. Ce n'est pas pressé du tout, Bertilla. Mrs Henderson ne cesse de répéter qu'elle est comblée de joie de vous avoir chez elle.

– Elle a vraiment été très bonne avec moi, reconnut Bertilla.

– Vous apprendrez, à la longue, qu'ici, en Malaisie, les gens sont généralement bons et généreux, et qu'ils aiment que les invités prolongent leur séjour. Par conséquent, il me semble que vous devriez profiter de l'hospitalité des Henderson pendant plusieurs semaines au moins.

– Vraiment?... Puis-je le faire? s'enquit-elle avec un accent joyeux qui n'échappa pas au jeune homme.

– Pourquoi pas? Je n'ai moi-même pas l'intention de m'installer au palais du gouvernement avant d'avoir une garde-robe complète.

– Malheureusement, vous avez perdu des choses

beaucoup plus importantes que vos vêtements dans ce naufrage.

Lord Saire était étonné de l'intelligence de Bertilla. Il n'aurait jamais imaginé qu'une fille aussi jeune fût capable de comprendre que ses notes, ses dossiers et ses livres représentaient pour lui une perte irremplaçable. Il se borna à dire tout haut :

– C'est peut-être une bonne chose pour moi d'être obligé d'avoir recours à ma mémoire. On devient esclave de ses fiches et de ses notes et c'est au détriment de la mémoire.

– Je suis bien certaine que vous allez vous apercevoir que votre cerveau fonctionne tout aussi efficacement que tous les aide-mémoire.

– J'espère que vous ne vous trompez pas, mais j'ai des doutes, dit lord Saire avec un sourire.

– Combien de temps resterez-vous à Singapour? demanda la jeune fille.

Lord Saire savait fort bien ce qu'elle désirait lui entendre dire et il répondit de façon à la satisfaire :

– Assez longtemps. Mais, avant de quitter cette région de l'Orient, il me faudra d'abord visiter Java, Sumatra, Bali et peut-être même – qui sait? – Sarawak.

– Est-ce possible? Vous viendriez là-bas?

– Je mettrai certainement ce voyage sur mon agenda, promit lord Saire.

Elle parut soudain tout heureuse à cette perspective. « Comme elle est vulnérable! Comme l'avenir doit paraître effrayant à un être aussi jeune et démuni! » pensa-t-il. Alors, cédant à son impulsion, il déclara :

– Quand je serai installé au palais, à Singapour, je demanderai au gouverneur de trouver quelqu'un pour vous accueillir; ainsi vous pourrez y séjourner quelque temps.

– Oh!... murmura Bertilla, extasiée.

– Je sais que vous aimeriez bien connaître la ville et que vous êtes curieuse de voir où en est son développement, trente ans après les travaux de sir Stamford Raffles.

– Oui, cela me passionnerait de voir le port et tous les édifices dont parle le livre que vous m'avez donné. (Elle hésita avant de continuer :) J'avais pensé... trouver un hôtel bon marché... pour y séjourner en attendant le jour du départ du vapeur pour Sarawak. Mais cela m'ennuyait de demander à Mrs Henderson de m'en recommander un. Elle a été si bonne et si généreuse avec moi qu'elle pourrait croire que je lui demande de façon détournée de payer ma note d'hôtel...

Lord Saire réagit violemment.

– Une chose est bien certaine, en tout cas : il est hors de question pour vous d'aller seule à l'hôtel ! Comme je vous l'ai déjà dit, ici les gens sont très hospitaliers et je trouverai sans peine quelqu'un qui sera ravi de vous héberger.

Après quoi, cependant, il ne se sentit pas satisfait le moins du monde. La perspective de voir Bertilla réduite à accepter la charité, condamnée à être ballottée d'une maison à une autre, à s'en remettre à des étrangers du soin de la faire subsister, tout cela lui semblait tout à coup souverainement déplaisant.

Il était néanmoins inconcevable qu'elle séjourne seule dans un hôtel.

« Il n'y a que lady Alvinston pour avoir des idées aussi diaboliques ! » songea-t-il. Mais il dit tout haut :

– Laissez-moi faire : je vais arranger cela. Je vous le promets. N'ayez crainte !

– Je ne trouve pas de mots pour vous remercier de votre... de votre bonté. La nuit dernière, je pensais justement que la langue anglaise n'a pas le vocabulaire qui convient pour exprimer nos émotions ou nos sentiments.

– Je crois que vous dites vrai. Et quand il s'agit de parler d'amour, c'est le français qui convient le mieux, répondit lord Saire en prenant automatiquement le ton badin qu'il eût employé avec les autres femmes.

Mais Bertilla ne connaissait pas les reparties dont lord Saire n'avait que trop l'habitude. Au lieu de répondre sur le même ton léger, elle dit, d'une petite voix désespérée :

– L'amour... c'est une chose que j'ignorerai toujours à... Sarawak.

– Pourquoi dites-vous une chose pareille?

– Parce qu'il est dit, dans le livre que vous m'avez donné, qu'il y a très peu d'Européens dans cette île; et ceux qui y vivent... ne sont certainement pas d'un genre à s'intéresser à une missionnaire!

C'était vrai, et le jeune homme ne put rien trouver à répondre. Mais il était surpris que Bertilla soit capable d'évaluer toute seule la situation dans laquelle elle allait se trouver.

Il finit par dire, sur un ton qu'il voulait encourageant :

– Ce sera peut-être moins terrible que vous ne le pensez.

Bertilla se retourna et le regarda bien en face.

– Je ne veux pas que vous imaginiez que je suis en train de me plaindre de mon sort. Ce sera merveilleux de se souvenir de tout ceci là-bas, lorsque je n'aurai probablement plus rien.

La jeune fille prononça ces mots avec une sincérité bouleversante tout en levant vers lui son regard clair, tandis que la lune argentait ses cheveux blonds. Et, avec ses prunelles sombres et mystérieuses, son étroit visage en forme de cœur, elle était d'une beauté qui paraissait éthérée. Elle avait l'air d'une créature venue d'un autre monde.

Sans même s'apercevoir de ce qu'il faisait, Theydon tendit les bras et l'attira contre son cœur, cédant à l'atmosphère de cette nuit magique, à la beauté de la nature et aux sentiments complexes de compassion et de tendresse qu'il éprouvait pour Bertilla. Il avait tout oublié de sa prudence, de sa sagesse et du rigoureux « self-control » auxquels il s'astreignait. Il posa un long regard sur la jeune fille avant de s'emparer de ses lèvres. Sa bouche possessive se fit très douce pour essayer de capturer cette âme évanescente qu'il voulait faire sienne.

Eprouvant la douceur et la tendresse de la petite bouche qu'il pressait de ses lèvres, sentant ce jeune corps frissonner d'extase contre lui, il donna libre cours à la passion qui avait jailli dans son cœur. Ses baisers se firent de plus en plus ardents, impérieux. Mais la tendresse prédominait en lui et il avait l'impression de caresser une fleur.

Quant à Bertilla, elle avait le sentiment d'être emportée au paradis. Son ravissement et son extase étaient inexprimables. Elle prenait enfin conscience du désir ignoré qui l'habitait depuis longtemps, de ce qu'elle attendait cet instant depuis le premier jour où elle avait rencontré lord Saire, sans jamais l'avouer, parce qu'elle n'eût jamais rêvé que ce fût chose possible.

Elle se serrait si ardemment contre lui qu'elle avait l'impression de faire partie de lui-même. Le bonheur extatique qu'elle éprouvait sous ses baisers dépassait tout ce qu'elle avait jamais imaginé. Elle ressentait une véritable adoration, un émerveillement éperdu pour lui. Elle reconnut, à l'excès de ses sentiments, que c'était cela, l'amour... C'était ce qu'elle attendait, ce dont elle rêvait, sans le savoir, depuis longtemps : quelque chose de divin emprunté à Dieu en qui elle croyait et, en même temps, une passion tout humaine.

Ils ne surent jamais exactement combien de temps avait duré leur étreinte.

Quand il releva la tête, quand leurs lèvres se désunirent, il entendit Bertilla murmurer :

– C'est la chose la plus merveilleuse... la plus parfaite qui puisse jamais m'arriver!

Sa voix si douce était vibrante de passion, chaleureuse, d'une ardeur étrange.

Un appel, lancé d'une voix de stentor, traversa tout le jardin :

– Saire! Où êtes-vous, Saire?

C'était Mr Henderson qui appelait à grands cris son invité d'honneur.

Theydon sursauta et Bertilla s'échappa de ses bras pour se faufiler dans l'ombre et disparaître.

D'abord déconcerté par cette fuite si rapide, le jeune homme comprit qu'elle n'avait pas envie de revenir dans les salons avec lui. Elle venait de retomber brutalement dans la réalité après s'être élevée jusqu'aux plus hautes cimes, ainsi qu'il le ressentait lui-même.

Il éprouvait un terrible sentiment de solitude en traversant lentement les vastes pelouses pour regagner le bungalow.

Il se doutait bien que Bertilla allait se réfugier dans sa chambre et qu'elle n'avait pas envie de se retrouver dans la cohue joyeuse et bruyante des invités qui remplissaient encore la véranda et les salons d'un tapage grandissant.

Il avait vu juste. Bertilla le regarda s'éloigner et rejoindre leur hôte dans la lumière dorée qui tombait des fenêtres, puis elle regagna sa chambre.

En approchant, elle entendit la voix puissante de Mr Henderson annoncer :

– Un vieil ami vous attend, lord Saire. Il est venu de Singapour tout exprès pour vous voir.

Elle ne chercha pas à en savoir plus. Elle fit précautionneusement le tour de la maison en se dissimulant dans l'ombre, entra par la porte de derrière sans être vue et se retrouva dans sa chambre.

Le bruit des voix et de la musique parvenait jusqu'à elle, mais très affaibli. Elle ne l'entendait même pas, toute pénétrée par le souvenir merveilleux qu'elle portait en elle et qui brillait dans son cœur comme une lampe dans la nuit.

« Maintenant, je sais ce que c'est que l'amour, se disait-elle. Je sais qu'un baiser est une extase inexprimable, quelque chose qui ne peut pas se décrire... (Et elle murmura :) Je l'aime! Je l'aime! Il m'a embrassée et je ne serai plus jamais la même! »

Avec sa modestie coutumière, elle se disait que ce baiser pouvait ne pas avoir signifié grand-chose d'important pour lord Saire. Mais il avait été une révélation pour elle, qui avait eu l'impression d'être transportée au paradis.

Désormais, elle n'aurait qu'à fermer les yeux et évoquer ce souvenir pour sentir les bras de son amour se refermer sur elle et ses lèvres se poser sur les siennes. Elle était follement heureuse et se répétait :

« Le bonheur de ce souvenir m'appartient : si solitaire et si malheureuse que je puisse être, je le posséderai toujours et jamais personne ne pourra me le dérober! »

Elle garderait toujours ce merveilleux trésor, pensait-elle avec exultation, et elle devenait indifférente à la vie morne qui l'attendait.

Elle murmurait de temps à autre :

– Je l'aime! Je l'aime. Je l'aimerai toujours tout au fond de mon cœur!

L'idée ne l'effleurait même pas que des liens durables puissent naître entre elle et lord Saire. Elle n'imagina pas un instant qu'elle représentait pour lui aussi, quelque chose de particulièrement précieux. Elle savait qu'il y avait beaucoup de femmes dans sa vie. Elle les imaginait dans le genre de sa propre mère, des femmes élégantes, sophistiquées et brillantes qui faisaient partie de la Cour; aussi estimait-elle ne pouvoir rivaliser avec elles, elle qui était insignifiante.

Elle faisait de lord Saire une sorte de souverain qui n'avait qu'à demander aux femmes de lui donner ce qu'il désirait et qu'elles satisfaisaient parce qu'il était irrésistible.

En ce qui la concernait, ce qui s'était passé était tout différent. Bertilla croyait n'avoir rien à lui apporter. Aussi était-elle persuadée qu'il lui avait accordé ce merveilleux bonheur par pure générosité. Et elle répétait :

– Il m'a donné un baiser! Il m'a donné un baiser!

Elle resta longtemps assise à se remémorer un à un les instants qu'elle avait passés dans les bras de Theydon; et, lorsqu'elle songea enfin à se déshabiller pour se coucher, la maison était redevenue paisible depuis longtemps et tous les invités étaient partis.

Le jour n'était pas loin de se lever lorsqu'elle s'endormit, si bien qu'elle s'éveilla assez tard.

Elle en fut consternée, car elle savait que Theydon Saire devait quitter le bungalow de très bonne heure pour accompagner Mr Henderson sur ses plantations. Aussi s'habilla-t-elle le plus vite qu'elle put pour aller s'excuser de son retard auprès de Mrs Henderson.

Tout en s'apprêtant, elle se regarda soigneusement dans le miroir de sa coiffeuse, persuadée qu'il était impossible que son bonheur n'ait pas modifié son visage. Elle eut, en effet, la nette impression que ses yeux brillaient avec plus d'éclat et que le contour de ses lèvres s'était adouci.

Il lui en coûtait de quitter sa chambre, ce matin-là, car elle aurait voulu pouvoir rester seule avec ses pensées. Elle n'avait pas envie d'échanger des banalités avec des étrangers. Le soleil lui paraissait plus doré et les fleurs du jardin plus largement épanouies.

A regret, elle sortit de sa chambre qui se trouvait à l'extrémité d'un long couloir desservant les pièces de réception. Elle le suivit pour regagner la véranda où le petit déjeuner était habituellement servi.

Au moment où elle passait devant les fenêtres ouvertes du salon, elle entendit prononcer son nom. Elle ne put s'empêcher de s'arrêter instinctivement et se mit à écouter.

Quelqu'un avait dit :

– Que pensez-vous de Bertilla Alvinston?

La voix ne lui était pas inconnue : c'était celle de lady Ellenton. La jeune femme était venue à la réception des Henderson la veille. Les Watson, des planteurs chez lesquels elle avait trouvé refuge le lendemain du naufrage, l'avaient amenée avec eux. Elle avait retrouvé avec effusion lord Saire et l'avait accablé de compliments. Son attitude avait exaspéré Bertilla. En tout cas la jeune femme semblait agacer profondément lord Saire.

– Elle me plaît beaucoup. Elle a d'excellentes manières, fut la réponse de Mrs Henderson.

Lady Ellenton gloussa d'une façon déplaisante avant de dire :

– Je ne puis m'empêcher de trouver drôle que « Pirate d'Amour » – enfin lord Saïre – ait été condamné à faire naufrage, ce qui est une aventure romantique en soi, avec cette gamine aussi peu séduisante que possible, plutôt qu'avec l'une de ces femmes attrayantes qu'il fréquente habituellement.

– Je trouve Bertilla très intelligente, répliqua Mrs Henderson.

Lady Ellenton prit un ton caustique :

– Mais personne ne dirait qu'elle est sophistiquée! Et je puis vous affirmer, par expérience, que les femmes avec lesquelles lord Saire se lance dans des affaires de cœur sont toujours des beautés sophistiquées.

– Il ne me semble pas qu'un navire en flammes soit un cadre très indiqué pour flirter, fit observer Mrs Henderson.

Bertilla comprit à l'intonation de sa voix que lady Ellenton lui était antipathique et qu'elle était sur ses gardes, prête à défendre ses hôtes.

Lady Ellenton se remit à glousser :

– En tout cas, lord Saire peut toujours partir en voyage. Où qu'il aille, ce ne sera jamais trop loin pour les femmes qui veulent le rejoindre. Figurez-vous que l'un de ses anciens flirts, lady Boyner, est à Singapour et l'attend! On vient de me l'apprendre.

– Lady Boyner? répéta Mrs Henderson.

– Oui. Elle est arrivée, avec son mari, voici deux jours. Elle est terriblement séduisante. Quant à Theydon Saire, je puis vous le dire, il en était follement épris lors de son séjour à Calcutta.

– Bien, bien. Dans ce cas, je suis certaine qu'il sera heureux de revoir une ancienne amie, dit Mrs Henderson.

– Il ferait bien, dans ce cas, de se débarrasser de ce boulet insipide qu'il traîne avec lui en ce moment, déclara lady Ellenton. Lady Boyner est d'une jalousie démentielle. On va jusqu'à raconter qu'elle a essayé un jour de tirer des coups de pistolet sur un de ses soupirants qui lui avait tourné le dos pour flirter avec une autre.

– C'est charmant! Heureusement que nous n'avons jamais de drames de ce genre à Singapour! se récria Mrs Henderson.

– Enfin, je crois que Theydon sait prendre soin de sa liberté. Mais s'il ne fait pas attention, il se retrouvera avec cette créature aux cheveux pâles, agrippée à son cou comme une branche de lierre, insinua lady Ellenton.

Mrs Henderson rétorqua, furieuse :

– Je vous affirme, moi, que Bertilla est incapable de se conduire de cette façon.

– Espérons que vous ne vous trompez pas. Mais j'ai toujours remarqué que lord Saire était un homme très chevaleresque. Et cela peut parfois coûter cher à un homme d'être chevaleresque avec une femme.

Mrs Henderson repoussa brusquement sa chaise.

– Excusez-moi, lady Ellenton, je veux aller voir pourquoi Bertilla n'est pas descendue. J'avais dit aux domestiques de la laisser dormir ce matin. Mais, je suis étonnée qu'elle ne soit pas réveillée à cette heure-ci.

Elle se leva avant d'avoir terminé sa phrase, ce que Bertilla n'avait pas prévu. La jeune fille ne bougea pas; aussi fut-elle découverte là où elle s'était postée pour écouter, à quelques pas de la fenêtre ouverte sur la véranda. Son hôte comprit immédiatement qu'elle avait tout entendu.

Mrs Henderson lui passa le bras autour du cou et

l'entraîna avec elle au fond de la pièce pour la consoler.

– Ne faites pas attention, mon petit! C'est une faiseuse d'histoires et une méchante langue! Je vais vous donner mon opinion : elle est jalouse parce que lord Saire ne lui accorde pas la moindre attention.

Bertilla ne répondit pas. Elle avait l'impression qu'une main lui serrait la gorge, empêchant sa voix de sortir.

Quand Theydon rentra, il était plus tard qu'il ne l'avait prévu et le soleil disparaissait à l'horizon dans une auréole flamboyante.

En traversant le jardin, Mr Henderson déclara à son compagnon :

– Je ne sais pas si vous êtes comme moi, Saire, mais un bon verre me fera plaisir. J'ai la gorge sèche.

– Vous avez dû boire trop de punch la nuit dernière.

– Je l'avais fait trop fort pour certains de mes invités, je le reconnais. Ils devaient avoir la gueule de bois ce matin! dit Henderson en riant.

– Et vous?

– Oh! moi... L'alcool ne m'a jamais incommodé. J'ai été élevé en Ecosse et on y apprend à boire de bonne heure. Ensuite, j'ai vécu en Australie avant de venir m'installer ici. On ne peut rêver meilleure éducation pour quelqu'un qui veut apprendre à boire, remarqua le planteur.

– Je vous crois sur parole, répondit Saire d'un ton plutôt froid, car il était sobre et détestait les ivrognes.

Il fallait bien reconnaître que les Britanniques de la métropole étaient les plus gros buveurs du monde et il le déplorait. Quant aux Australiens, ils s'enivraient à la bière, et pourtant ils produisaient deux ou trois vins excellents.

Theydon Saire était comme tous les gens riches : ce qu'il préférait, c'était le champagne. A cette époque, le champagne était la boisson à la mode. Et les bâtisseurs d'empire en faisaient grand usage.

Le prince de Galles avait alors coutume de raconter une excellente histoire à ce sujet. Lorsque West Ridgeway, qui fut gouverneur de Ceylan, faisait campagne dans l'armée de lord Roberts, il était hanté par l'envie de boire du champagne bien frais pendant la longue marche de Kaboul à Kandahar.

– C'est Ridgeway qui me l'a raconté lui-même, expliquait le prince. Quand Roberts lui donna l'ordre de galoper pour porter un pli urgent à la station de chemin de fer la plus proche, la première chose qui lui vint à l'esprit fut qu'il allait pouvoir en profiter pour boire du champagne frappé, puisqu'on en trouvait dans toutes les gares de l'Inde.

Son interlocuteur ne manquait jamais de demander, tout comme lord Saire le jour où le prince lui avait pour la première fois raconté la chose : Et en a-t-il trouvé?

Le prince reprenait le fil de son récit et, après avoir ri à en perdre haleine et toussé en conséquence, il annonçait :

– Ridgeway a télégraphié à la gare pour se faire réserver une bouteille de champagne frappé. Ensuite il a galopé trois jours et trois nuits sans descendre de cheval. Et, quand il est arrivé à la gare en question – ô désappointement! – la glace avait fondu, le champagne sentait le bouchon et, le lendemain, mon Ridgeway avait la gueule de bois!...

Pendant que lord Saire se remémorait cette anecdote, la calèche arrivait devant le perron du bungalow. Mr Henderson tira sur les rênes, stoppa ses chevaux et s'écria :

– Maintenant, mon cher, sus à nos verres! Savez-vous que je suis capable de vous offrir tout, absolument tout ce que vous pouvez avoir la fantaisie de me demander en matière de boissons alcoolisées?

– Mon choix est toujours le même : une coupe de champagne me fera plaisir, rétorqua lord Saire.

– Adjugé! Et c'est une diablement bonne cuvée que je vais vous servir! s'écria Henderson avec enthousiasme.

Il escalada en courant les marches du perron en criant à tue-tête pour appeler sa femme :

– Muriel! Muriel! Où êtes-vous?

– Me voici, répondit Mrs Henderson en sortant du petit salon pour embrasser affectueusement son bruyant époux. Mais vous êtes couverts de poussière! se récria-t-elle.

– Naturellement! Nous venons de faire des dizaines de kilomètres de piste. Mais je suis content : Theydon est très impressionné par ce qu'il a vu.

Lord Saire renchérit :

– Très impressionné, oui! Je vais aller prendre une douche.

– Votre champagne vous attendra. Dépêchez-vous! cria Mr Henderson qui se mit à donner des ordres aux boys.

Dix minutes plus tard, Theydon réapparaissait, changé des pieds à la tête. La vie lui était redevenue facile depuis que, deux jours auparavant, son valet de chambre était venu le rejoindre. C'était un soulagement pour lui de trouver toujours tout ce dont il avait besoin à portée de la main et de laisser à Cosnet le soin de surveiller la confection des vêtements qu'il avait commandés aux tailleurs locaux.

Cosnet connaissait tout aussi bien, sinon mieux que lord Saire lui-même, les besoins de son maître. Et la nouvelle garde-robe s'accroissait tous les jours de nouveaux costumes et de nouvelles chemises, aussi élégants que ceux qu'il achetait à Savile Row, à Londres.

– Venez vite vous asseoir, lord Saire, lui dit avec un aimable sourire Mrs Henderson.

Sur la table dans un seau à glace reposait une bouteille de champagne. Un boy remplit une coupe qu'il tendit à lord Saire, puis il remit soigneusement la bouteille dans son nid de glace pilée.

– Où est Bertilla? demanda le jeune homme en se renversant confortablement dans un bon fauteuil de bambou, de fabrication locale, garni de coussins de soie.

Mrs Henderson reprit sa respiration, puis elle déclara d'une voix très calme :

– Bertilla est partie.

– Partie? Comment? Que voulez-vous dire : partie? demanda lord Saire d'une voix dure.

– Il y avait aujourd'hui, à 16 heures, un bateau qui partait de Singapour pour Sarawak et elle a tenu absolument à le prendre.

– Elle a tenu à le prendre? Mais enfin, pourquoi? Je ne comprends pas!

Mrs Henderson avait l'air assez embarrassé.

– Je n'ai pas pu la retenir, lord Saire. J'ai fait tout ce que j'ai pu, je vous assure, mais elle n'a pas voulu m'écouter.

Theydon Saire reposa brusquement sa coupe de champagne sur la table.

– Il faut que quelque chose l'ait bouleversée pour qu'elle ait décidé de partir de cette façon.

Il y eut un moment de silence. Puis Mrs Henderson se décida à expliquer, d'un air encore plus embarrassé :

– Je crois que c'est à cause d'une conversation qu'elle a surprise.

– Pouvez-vous me dire laquelle exactement?

Jamais encore Mrs Henderson n'avait entendu ce ton de commandement impératif dans la bouche de son hôte. Elle commença d'une voix hésitante :

– Il est vraiment regrettable que lady Ellenton se soit permis de dire les choses qu'elle m'a dites dans la véranda. Mais j'ignorais que Bertilla se trouvait à portée de voix, dans le petit salon, et qu'elle ne perdait pas un mot de la conversation.

– Lady Ellenton! Que faisait-elle ici?

– Elle est revenue ce matin avec Mr Watson. Il l'a laissée en ma compagnie pendant qu'il allait voir le jardinier pour un échange de plants qu'il voulait faire avec nous. Et je lui ai offert de prendre le petit déjeuner dans la véranda avec moi.

– Et que s'est-il passé? insista lord Saire.

– Vous tenez vraiment à ce que je vous répète les paroles de lady Ellenton?

– J'y tiens absolument. Bertilla était sous ma garde. Et je ne parviens pas à comprendre pourquoi elle a voulu partir d'une façon si précipitée.

– Je l'ai suppliée de rester, vraiment suppliée, lord Saire. Voyez-vous, j'aime cette enfant très sincèrement. Elle est si douce, si gentille. J'aurais tout donné pour qu'elle ne soit pas blessée ainsi.

– Blessée? Comment?

– Il était impossible qu'elle ne soit pas blessée par les paroles de lady Ellenton.

Le jeune homme serrait les lèvres : lady Ellenton était le type même de ces femmes cancanières qu'il haïssait le plus. On en rencontrait partout, mais elles étaient plus particulièrement nombreuses dans les petites villes comme Singapour. Elles parvenaient à faire beaucoup de mal par leurs ragots et leurs médisances, en déformant ou en exagérant ce qu'elles savaient des choses et des gens.

– Ah! soupira Mrs Henderson, si seulement je l'avais fait taire dès qu'elle eut prononcé le nom de Bertilla! Mais j'ai voulu être polie. C'était une invitée. Et ce n'est qu'après, quand le mal a été fait et surtout quand Bertilla a décidé de partir, que je me suis rendu compte que j'avais été stupide.

– Au lieu de continuer à faire des commentaires, s'impatienta lord Saire, je vous en prie, répétez-moi, mot pour mot, les paroles de lady Ellenton.

Mrs Henderson prit son courage à deux mains et rapporta enfin la conversation.

Un long silence suivit. Mrs Henderson n'avait pas osé regarder lord Saire de tout le temps où elle parlait. Mais, au bout d'un moment, elle se tourna vers lui, curieuse de voir comment il avait pris la chose. Il semblait réfléchir profondément.

Mrs Henderson se disait : « Il a dû recevoir un choc en apprenant de quelle manière les gens parlent de lui. Mais tant pis : après tout, ça lui fera du bien ! Il est beaucoup trop sûr de lui à mon goût. »

Mais quand il sortit de son silence, ce fut pour demander :

– Comment Bertilla pouvait-elle savoir qu'il y avait un vapeur aujourd'hui pour Sarawak?

– Elle a insisté pour le savoir. Et comme mon mari a un horaire dans son bureau, ici...

– Je vois... Alors vous l'avez expédiée à Singapour?

– Je l'y ai conduite moi-même, corrigea Mrs Henderson. Vous n'imaginez tout de même pas que j'aurais laissé cette pauvre enfant partir toute seule? (Elle lui jeta un regard noir et poursuivit :) Vous pouvez me croire. Je l'ai priée et suppliée d'attendre au moins votre retour. Je me suis presque mise à genoux devant elle, en fait! Mais elle n'a jamais voulu m'écouter... Elle voulait partir absolument. Et je ne pouvais rien faire, sinon l'enfermer.

– Je crois avoir compris, dit Theydon Saire lentement.

Il avait fini par sentir, avec une remarquable intuition, que la décision brutale de Bertilla correspondait à son caractère.

Au premier abord, il avait été déconcerté, mais c'était simplement parce que la jeune fille avait une personnalité si différente des femmes qu'il avait connues jusque-là.

Pour elle, ce qui était arrivé la nuit précédente constituait quelque chose de merveilleux et de parfait. Elle le lui avait dit; quelque chose qui ne devait pas être terni si peu que ce soit. Aussi, parce qu'elle croyait que cette expérience ne se renouvellerait jamais pour elle, Bertilla n'avait pu supporter de rester.

La jeune fille avait trop conscience de tout ce qui la séparait de l'homme qu'elle aimait et admirait pour songer à lui demander quoi que ce soit en échange de son amour, ou pour rêver qu'il pût le partager.

Après ce qu'elle avait entendu, sa nature ne pouvait que lui dicter de partir, c'est-à-dire de faire ce qu'elle avait imaginé qu'il souhaitait : la voir disparaître de son existence aussi inopinément qu'elle y était apparue.

« Voilà ce que Bertilla me croit capable de penser et d'éprouver à son égard ! » se répétait-il. Et, pour la première fois depuis des années, il se mit à faire son examen de conscience. Il ne se sentait pas fier de lui.

Autrefois, dans sa première jeunesse, il était idéaliste. Il respectait les femmes, les considérant comme des créatures précieuses auxquelles il devait admiration et protection. Il avait aimé et vénéré sa mère qui possédait toutes les qualités qu'une femme devait avoir à ses yeux : elle était tendre et sensible, bonne et compréhensive. Elle aimait son père avec un dévouement et une dévotion qui firent du mariage de ses parents une union idéale, comme jamais lord Saire ne devait en revoir ailleurs.

Il avait été en outre très gâté, parce que le seul nuage au bonheur de ses parents était de n'avoir qu'un seul enfant. Il s'était ainsi forgé des conceptions très idéalisées des choses et des êtres, en prenant pour exemple ce qu'il avait connu dans le foyer de son enfance. Et, inévitablement, il avait été déçu quand il s'était lancé dans la vie.

Il avait découvert avec une stupeur horrifiée que les femmes étaient disposées à tromper leurs maris, qu'elles ne prononçaient le serment du mariage que du bout des lèvres et pouvaient tomber amoureuses du premier homme qui leur plaisait.

Ayant perdu ses belles illusions, il contribua fatalement à son tour à cette infidélité générale des couples en acceptant sans vergogne les faveurs qui lui étaient offertes. Son attitude était évidemment bien humaine. Il lui aurait fallu être un saint pour refuser.

Mais, parallèlement, la conviction se fit en lui que ses idoles n'étaient que des statues aux pieds d'argile. Et, pour lui, aucune femme ne restait longtemps sur son piédestal.

En méditant sur sa conduite ce soir-là, il se rendait compte qu'il avait toujours comparé les femmes dont il s'amourachait à sa mère et les avait jugées sur le modèle de cette femme exceptionnelle.

Après sa mort, il avait senti un vide qu'aucune autre femme ne put jamais combler. Il s'était lancé étourdiment dans de multiples aventures éphémères qui débutaient toujours dans un enthousiasme délirant, mais dont la frénésie était de courte durée. Et il en était sorti chaque fois un peu plus désillusionné, amer et cynique.

Ce soir-là, il comprenait aussi qu'il avait toujours cherché chez les femmes non seulement la tendresse que sa mère lui avait donnée, mais également la qualité de l'amour qu'elle portait à son père. C'était un tel amour qu'il lui fallait trouver avant de se marier, s'il voulait avoir quelque chance de bonheur.

Il se refusait à commettre l'erreur d'envisager une union médiocre fondée sur des sentiments frelatés. Il voulait un véritable, un grand amour. Et, s'il affirmait à ses amis qu'il ne voulait pas se marier, c'était par conviction qu'un tel amour n'existait plus.

Il avait fini par se dire qu'il n'aurait jamais la chance de découvrir une femme ayant les mêmes qualités que sa mère. Une femme qui lui donnerait ce dont il avait besoin, une femme qui l'aimerait de toute son âme et qui ne regarderait jamais un autre homme.

Il avait trop souvent aidé les femmes à tromper un mari bon et sympathique! Il connaissait trop bien la vie de ces couples désunis, même quand ils ne divorçaient pas! Il se savait incapable de supporter pareil échec dans sa vie. Il s'était mille fois répété : « Jamais, non jamais, je n'épouserai une femme qui flirtera dans mon dos et me trompera avec mes meilleurs amis! Ni une femme ayant la conscience assez lâche pour favoriser les aventures des autres et qui introduira la honte dans ma maison! »

Il avait beau être cynique, il était toujours scandalisé chaque fois qu'une femme mariée lui faisait des serments d'amour tout en se gaussant de son époux.

Il abhorrait plus encore celles qui, semblables à lady Alvinston, se dérobaient à tous leurs devoirs et se désintéressaient de leurs enfants ou de l'exemple qu'elles leur donnaient.

C'était tout cela qui avait détourné lord Saire du mariage en lui inculquant la hantise de se trouver irrévocablement pris dans un genre d'existence qu'il méprisait.

Après avoir longuement médité sur sa conduite passée, il ne pensa plus qu'à une chose : à ce baiser qu'il avait donné à Bertilla la veille dans le jardin. Toute la nuit, il avait cru sentir la fraîcheur des lèvres de la jeune fille sur les siennes et le frisson de son corps contre le sien. Et il avait tout de suite compris que le sentiment qui venait de naître entre eux ne ressemblait à rien de ce qu'il avait éprouvé jusque-là.

Bertilla éveillait en lui autre chose qu'une passion frénétique et un désir superficiel. C'était un sentiment profond.

Elle était très jeune, très pure, profondément sensible, et ce qui en elle avait le plus d'attrait pour lord Saire, ce n'étaient pas ses charmes physiques, mais ses qualités spirituelles. Il avait conscience qu'il aurait été incapable de penser ainsi quelques semaines auparavant.

Combien de baisers n'avait-il pas donnés! Mais aucun ne ressemblait à celui qu'il avait échangé avec Bertilla la nuit précédente. Jamais aucune femme ne lui avait répondu, comme elle l'avait fait, par le don total de tout son être! Il avait senti qu'elle lui donnait son âme et qu'elle n'avait fait ce don à personne d'autre.

Ainsi, Bertilla avait réveillé le vieil idéalisme de sa jeunesse qui ne faisait que sommeiller en lui. Il voulait revenir à son ancien modèle idéal : le chevalier respectueux de l'honneur des dames, toujours prêt à se battre pour défendre leur pureté et leur innocence, vénérant celle qu'il aime à l'instar d'une créature divine.

En cet instant, il convenait d'avoir toujours souhaité être ainsi, malgré les apparences.

Or, le miracle venait de se produire. Et au moment même où il s'en apercevait, le bonheur sur lequel il croyait pouvoir refermer ses bras s'était enfui.

Theydon Saire n'était pas de nature à se laisser accabler par une aussi incroyable déception. Il se leva brusquement pour suivre sa première impulsion : partir!

– Où allez-vous, lord Saire? s'écria Mrs Henderson.

Totalement absorbé par ses pensées, il avait oublié tout ce qui l'entourait.

– A Sarawak! lança-t-il en sortant de la véranda.

6

Bertilla ne dormait pas. Elle pensait à son amour. Etendue, les yeux ouverts, sur l'étroite couchette, elle était incapable de penser à autre chose. Pourtant le petit vapeur filait dans la nuit vers Sarawak.

Elle rêvait qu'il la serrait dans ses bras et que ses lèvres emprisonnaient les siennes.

Insensible à ce qui l'entourait, elle ne s'était même pas aperçue que la cabine minuscule était sale et qu'il y faisait une chaleur atroce. Elle n'éprouvait aucun effroi de ce qui l'attendait : elle n'y pensait même pas.

Elle ne savait qu'une chose : en fuyant l'homme qui lui avait donné un baiser, elle laissait son cœur derrière elle. Il resterait son unique amour, car elle était certaine de ne pouvoir aimer deux fois.

« Jamais plus je ne chercherai, comme autrefois je pouvais m'amuser à le faire, à imaginer les traits de mon futur mari, puisque, désormais, je connais le visage de l'homme que j'aime. »

– Je l'aime! murmura-t-elle.

Mais les mots étaient bien pauvres pour exprimer ce qu'elle ressentait.

Dès le lever du soleil, elle se leva, fit sa toilette et s'habilla en se cognant partout dans la petite cabine encombrée de bagages. En regardant les trois grosses malles de cuir qui contenaient le monceau de vêtements que Mrs Henderson lui avait offerts, Bertilla eut un petit mouvement de remords.

Il lui semblait, en repensant à la générosité de la femme du planteur que, dans sa hâte de partir, elle ne l'avait pas suffisamment remerciée.

Pendant les quelques heures qui avaient précédé son embarquement, elle avait ressassé les paroles méchantes – mais très vraies, croyait-elle – de lady Ellenton. Elle n'avait fait que penser à lord Saire en se répétant que sa présence à elle dans son entourage était indésirable.

« Comment pourrait-il vouloir s'embarrasser de moi? » se demandait-elle.

Elle savait que, dès qu'il serait installé à Singapour, il ne serait pas seulement accaparé par le gouverneur et les obligations de la vie officielle, mais également par cette femme qu'il avait aimée.

Bertilla ne mettait pas en doute le charme et la beauté sophistiquée de cette ancienne conquête, ni la facilité avec laquelle sa liaison avec lord Saire se renouerait.

Elle avait repensé à la manière méprisante dont lady Ellenton avait appelé lord Saire « Pirate d'Amour ». Ayant capturé tant de magnifiques vaisseaux dans le passé et appelé à en capturer de nombreux autres tout aussi flatteurs, Theydon Saire, qui lui avait dérobé son cœur et son amour, ne pouvait pas attacher la moindre importance à sa personne. Pour lui, elle ne devait représenter qu'un fragile esquif.

– Il aura vite fait de m'oublier! en conclut-elle. Mais moi, je ne l'oublierai jamais, dussé-je vivre cent ans.

Pendant toute la traversée, elle fut absolument incapable de penser à autre chose qu'à l'homme aimé. Elle sc désintéressa totalement de la navigation, jusqu'au moment où l'on approcha, le lendemain, du port de Kuching, capitale de Sarawak.

Lorsqu'elle monta sur le pont encombré par la foule des passagers qui, pour la plupart, y avaient passé la nuit, elle constata que, parmi les étrangers de toutes nationalités qui se trouvaient là, les Malais prédominaient nettement. Ils avaient des visages ouverts, leur manière de sourire avait quelque chose de sympathique qui plut à Bertilla et elle n'hésita pas à rendre les sourires qui lui étaient adressés.

Ne connaissant pas leur langue, elle ne pouvait évidemment pas parler avec eux. Elle en avait un certain regret, aussi fut-elle contente lorsqu'un homme aux cheveux blancs s'approcha d'elle. Il avait un air paternel qui lui fut sympathique et sa manière de l'aborder n'avait rien de commun avec les façons de Van da Kaempfer. Bertilla ne s'en effraya donc pas.

– Est-ce la première fois que vous venez à Sarawak, jeune fille? lui demanda-t-il.

– Oui, et je trouve ce pays très beau.

Il approuva :

– Oui, magnifique! Mais tout est encore très primitif et ce n'est pas facile de travailler avec les gens d'ici.

– Pourquoi? s'étonna-t-elle.

– Parce que l'argent ne les intéresse pas. Les indigènes se satisfont de peu : ce n'est pas fréquent, n'est-ce pas?

Comme Bertilla le regardait d'un air étonné, il reprit :

– Il y a de grandes plantations d'ananas et on a construit des routes. Mais il faudra encore pas mal de temps avant qu'ils comprennent que nous sommes ici pour leur acheter leur caoutchouc et leurs noix de palme.

La conversation intéressait beaucoup Bertilla qui demanda, curieuse :

– C'est tout ce qu'ils vendent?

– Oui, avec quelques diamants, des nids d'oiseau, des bêches de mer, des pierres de bézoar. Mais la plupart des hommes aimeraient beaucoup mieux passer leur temps à chasser les têtes qu'à cultiver ce que je voudrais leur acheter.

Bertilla se sentit frissonner.

– Continuent-ils... vraiment... à couper les têtes? demanda-t-elle sur un ton plein d'appréhension qui n'échappa pas au vieux commerçant.

Il lui sourit avec bonté et dit d'un ton encourageant :

– Vous ne courez aucun danger. Ils ne se risqueraient pas à toucher à la tête d'une femme blanche. Mais enfin, il faut que vous compreniez bien que la chasse aux têtes est un élément essentiel de leur existence! Il se passera encore un bon nombre d'années avant que le rajah blanc ou quelqu'un d'autre les persuade d'y renoncer.

Bertilla resta silencieuse. Tout en sachant que c'était absurde de sa part, elle eut une pensée rapide pour lord Saire qui, lui, l'aurait protégée du danger. Mais le vieil homme poursuivit :

– Quand, chez les Dyak, un jeune homme atteint sa majorité, les jeunes filles ne pensent pas beaucoup de bien de lui, même s'il est très beau, tant qu'il n'a pas deux ou trois têtes au moins à son actif.

– Deux ou trois têtes! répéta Bertilla tout bas.

– Il peut toujours chanter des chants d'amour et danser des danses guerrières... on lui posera toujours la seule question importante pour les Dyak : « Combien de têtes possèdes-tu ? »

– Alors, que font les hommes? demanda Bertilla tout en sachant que c'était une question inutile.

– Ils partent chasser. Et quand un homme revient avec son trophée, le village prépare un grand festin : le festin des têtes séchées.

– Mais les missionnaires devraient certainement pouvoir faire quelque chose? Il faut les persuader que c'est... mal.

L'homme éclata de rire.

– Les missionnaires!... tout ce que je les ai vus faire jusqu'ici, c'est plus de mal que de bien, ma pauvre enfant! La plupart du temps, ils ne convertissent que de pauvres bougres idiots qui ont trop peur d'eux pour oser s'enfuir, ou encore des êtres cupides qui espèrent gagner quelque chose avec le Blanc.

Bertilla resta silencieuse à songer qu'elle se retrouvait, une fois de plus, seule et abandonnée, et qu'il n'y aurait personne ici vers qui se tourner pour trouver de l'aide.

Le vieux colonial, sentant qu'il l'avait bouleversée, chercha aussitôt à la réconforter :

– Ne vous tracassez donc pas, mon petit! Vous allez vous apercevoir que les Dyak sont en réalité des gens très gentils. Ils offrent même un spectacle magnifique, vous savez, quand ils arborent leurs costumes de guerriers avec toutes les plumes qui voltigent autour de leurs têtes et les grands boucliers couverts de touffes de cheveux qu'ils ont prises aux hommes qu'ils ont tués!

Bertilla ne put retenir un cri d'horreur, mais l'homme poursuivit :

– Ils vous feront de grands sourires amicaux, avec leurs colliers de perles multicolores scintillant autour de leurs cous. On leur donnerait le bon Dieu sans confession!

Le vieux passager n'avait certes rien fait pour dissiper les appréhensions de Bertilla. Néanmoins, dès que le vapeur abandonna la haute mer pour remonter le Sarawak, elle fut totalement séduite par le charme puissant du fleuve charriant ses eaux agitées et limoneuses dans ce paysage grandiose surplombé par le mont Santuborg. Celui-ci dressait sa silhouette majestueuse aux contours nettement découpés, avec ses pentes couvertes d'un épais manteau d'arbres touffus, qui descendait jusqu'à la plage de sable fin s'étendant à ses pieds.

Un peu partout, le long du rivage, croissaient des arbres couverts de fruits ou de fleurs.

Sur les bancs de sable, on voyait de cocasses petits villages dont les huttes faites de grandes palmes avaient l'air tombées du ciel, comme si elles s'étaient éparpillées en glissant d'un panier.

Des femmes, à la peau couleur café grillé, s'affairaient dans l'eau du fleuve où elles étaient entrées jusqu'à la taille. Elles étaient complètement nues et portaient des corbeilles sur leur dos. Des enfants et même des bébés barbotaient et nageaient autour d'elles comme de petits têtards bruns.

Là où le rivage n'était pas cultivé, il était envahi par les palétuviers au feuillage vert clair. La jungle commençait là, juste derrière eux, avec ses immenses arbres majestueux dans lesquels on voyait des singes sauter de branche en branche.

C'était si enchanteur que Bertilla retenait sa respiration. Elle éprouva subitement une immense envie d'avoir son amour auprès d'elle, afin de pouvoir communier avec lui.

« Il aurait si bien compris ce que j'éprouve! se disait-elle. Il est si sensible, comme moi, à la beauté! »

Elle songea alors que, quand bien même il l'ignorerait toujours, elle devait être courageuse et essayer de comprendre les indigènes comme il le faisait, lui qui portait tant d'intérêt aux pays qu'il visitait.

Quand le vapeur accosta contre un petit wharf très

rudimentaire, une foule énorme dégringola de la ville vers le fleuve pour assister à cette arrivée et souhaiter la bienvenue aux passagers. Le tohu-bohu et le vacarme étaient indescriptibles.

Bertilla parvint enfin à s'engager sur la passerelle pour descendre à terre. Elle distingua, presque aussitôt, au-dessus de la multitude des beaux visages bruns aux larges sourires fendus jusqu'aux oreilles, une silhouette haute et décharnée qu'elle identifia sur-le-champ.

Sa tante Agatha dépassait toujours tout le monde dans une foule et il ne pouvait pas en être autrement, vu sa taille. Mais là, sur le quai de Sarawak, elle ressemblait à un géant égaré parmi des pygmées, « et même à un méchant géant assez terrifiant... » se dit sa nièce en la voyant.

Tante Agatha avait encore enlaidi en vieillissant. Son visage était buriné par la vie au grand air, et elle avait perdu toutes ses dents de devant, ce qui la rendait encore plus déplaisante qu'elle ne l'était dans les souvenirs de Bertilla.

– Alors, te voilà! dit-elle sans aménité, d'une voix sèche et dure que Bertilla n'avait pas oubliée.

– Oui, ma tante, me voici! dit-elle en s'efforçant de répondre gaiement.

Sa tante ne fit pas l'effort d'un geste de bienvenue. Elle ne l'embrassa ni ne lui tendit la main. Elle se tourna seulement vers les trois porteurs qui s'étaient avancés avec les malles de Bertilla sur le dos.

Ces hommes étaient si petits que Bertilla regretta que ses malles fussent si grandes et si lourdes. Elle en avait presque honte. Et le ton agressif sur lequel sa tante leur donna des ordres acheva de la mettre mal à l'aise.

Tante Agatha se tourna vers elle :

– Cela fait trois fois de suite que je viens attendre l'arrivée du vapeur. C'est bien de ta mère : elle n'a même pas été capable de m'indiquer la date exacte de ton arrivée!

– Je suppose que maman ne savait pas que le vapeur qui fait le service à partir de Singapour n'a que deux départs par mois. Et, d'autre part, je me suis trouvée retardée car notre navire a pris feu dans le détroit de Malacca, expliqua Bertilla.

Si elle s'était attendue à produire un certain effet, elle aurait été déçue : sa tante se borna à demander avec aigreur :

– Le feu? Aurais-tu perdu tes vêtements? Je tiens à ce que tu saches que je n'ai pas les moyens de t'en acheter d'autres. Il n'y a rien à faire.

– Vous n'aurez rien à me donner, tante Agatha; la personne qui m'a hébergée à la suite du naufrage, Mrs Henderson, m'a offert un trousseau tout neuf et au grand complet. Elle s'est montrée très généreuse, s'empressa d'expliquer la jeune fille d'un ton paisible.

– Elle doit avoir plus d'argent que de bon sens, grommela la vieille missionnaire d'un ton malveillant.

Tout en parlant, elles s'éloignèrent du quai. Bertilla suivit sa tante dans une rue aux maisons de bois et pratiquement déserte, car toute la population était restée sur le port.

Bertilla put cependant observer, en passant, une sorte de bazar où des marchands ambulants vantaient leurs marchandises. Elle entendit l'écho des gongs venant d'une mosquée et le chant plaintif d'un instrument à cordes inconnu.

– Au fait! As-tu de l'argent? demanda brusquement sa tante.

– Malheureusement pas beaucoup; mais il m'en reste plus que je n'espérais, car je n'ai pas eu besoin de descendre à l'hôtel à Singapour.

– Combien?

– Je ne sais pas au juste. Je compterai quand nous serons arrivées, dit Bertilla en regardant machinalement le sac qu'elle portait à la main.

– Donne-moi ça! lui ordonna brutalement sa tante en avançant la main sans cesser de marcher.

Un peu étonnée, Bertilla obéit néanmoins et lui remit son sac. Agatha, sans ralentir sa marche, ouvrit le sac et, d'une main preste, en sortit la bourse de Bertilla et les quelques papiers qui s'y trouvaient. Elle fourra précipitamment le tout dans la poche de sa longue jupe, puis rendit le sac vide à sa nièce avec un geste méprisant et sans un mot.

Bertilla fut très déconcertée par un pareil procédé. Elle n'avait plus un centime sur elle. Aussi se décida-t-elle à dire timidement :

– Tante Agatha, j'aimerais bien garder un tout petit peu d'argent...

Agatha glapit :

– Tu n'auras jamais besoin d'argent ici ! Et encore autre chose, ma fille : je soupçonne fort ta chère mère de ne pas avoir l'intention de me donner un sou pour ta pension. Alors, tu vas devoir travailler, je te préviens... et travailler dur !

Bertilla lui jeta un regard inquiet, mais Agatha Alvinston poursuivit en grommelant :

– Je suis bien assez serrée comme ça ! On ne peut pas avoir un atome de confiance en ces indigènes ! Dès qu'ils vous ont pris tout ce qu'on peut leur donner, ils s'enfuient dans la forêt; et personne n'entend plus jamais parler d'eux.

Bertilla ne manqua pas de penser que les ouailles de sa tante étaient, somme toute, fort avisées de s'enfuir, mais elle se garda bien de le dire à voix haute.

Elles marchèrent un bon moment en silence. Elles avaient depuis longtemps laissé la ville derrière elles. Bertilla observait avec curiosité la jungle autour d'elle.

Devant l'incroyable vision des orchidées qui tapissaient à perte de vue la forêt, elle fut émerveillée. Les parterres du jardin des Henderson eux-mêmes ne pouvaient laisser soupçonner le spectacle qui l'attendait dans l'île de Sarawak.

Sous le couvert des grands arbres, tout semblait illuminé par le foisonnement des orchidées multicolores, épanouies par milliers. Elles s'accrochaient partout, de la racine au sommet des arbres, pendaient en touffes ou en guirlandes, enveloppaient les lianes, les branches et les troncs. Certains arbres, entièrement recouverts, semblaient en avoir pris les couleurs : ils étaient jaspés de mauve et de jaune dégradés. Le sol lui aussi était tapissé de petites plantes sur lesquelles fleurissait, pâle et délicate, la fausse orchidée.

Bertilla scrutait la jungle avec l'espoir de voir un kinkajou, le seul animal dangereux de l'île, ou l'un de ces muscs qui étaient les héros de si nombreuses légendes locales. Mais tout ce qu'elle put surprendre ce jour-là, ce fut le vol d'un angustirostre.

Elle guetta attentivement les calaos, si facilement reconnaissables à leur long bec surmonté d'une sorte de « corne » d'un rouge éclatant. Elle avait lu que certains spécimens de ce volatile, l'un des plus extraordinaires du monde, pouvaient atteindre la taille d'une dinde. Toutefois, ceux qu'elle put apercevoir, voletant dans les plus hautes branches, étaient beaucoup plus petits.

Si les oiseaux excitaient la curiosité de Bertilla, les papillons l'enchantaient : leurs somptueuses couleurs, la grâce de leur vol dépassaient tout ce que l'on pouvait imaginer.

Elle s'exclama, pour elle-même :

– C'est enchanteur... absolument enchanteur!

Tout ce qu'elle voyait, tout ce qu'elle entendait, tout ce qu'elle respirait lui semblait magique.

Sa tante la rappela brutalement à la réalité :

– Avance donc! Ce n'est pas le moment de flâner. Tu m'as déjà fait perdre assez de temps aujourd'hui!

Il leur restait un kilomètre avant d'arriver. Bertilla commençait à avoir très chaud, lorsqu'elle aperçut enfin les bâtiments de la mission qu'elle identifia du premier coup d'œil.

Ce ne pouvait pas être autre chose, pensa la jeune fille, en voyant la longue maison basse en bois, qui aurait pu être aussi plaisante que les cases indigènes qu'elle avait vues le long du fleuve, mais qui était en fait aussi laide et rébarbative que possible.

Le sol de la concession avait été tellement piétiné que plus rien ne poussait. La maison avait l'air plantée au milieu d'un terrain de sport.

Trois jeunes femmes indigènes surveillaient un petit groupe d'enfants. Elles portaient des robes informes qui dissimulaient leur nudité.

Avant l'apparition d'Agatha Alvinston, elles étaient assises bien à leur aise, perdues dans d'agréables pensées. Les enfants s'amusaient à se rouler par terre et à faire des culbutes. Et tous s'étaient débarrassés de leurs vêtements, dévoilant leurs beaux petits corps bruns.

Dès que Bertilla et sa tante furent en vue, tout changea instantanément. Les trois jeunes femmes se levèrent et commencèrent à crier et à gronder les enfants. Les rires se turent, les petits cessèrent leurs jeux et s'immobilisèrent avec des yeux apeurés.

Sitôt qu'Agatha Alvinston fut à portée de voix, elle entreprit de sermonner les jeunes femmes en langue indigène. Bertilla ne comprenait pas un mot, mais elle ne pouvait se tromper sur le sens de ces cris.

« Elle les gronde et elle les menace » pensa-t-elle.

Les jeunes femmes acceptaient les remontrances sans répondre. Elles se contentèrent de regarder Agatha Alvinston avec leurs larges yeux veloutés dépourvus de toute expression, jusqu'au moment où celle-ci se précipita vers la maison.

En approchant, Bertilla vit que la mission était grossièrement bâtie et guère plus vaste que les grandes cases indigènes. Il y avait une grande pièce, sur le devant, que Bertilla devina être la salle de classe, et les pièces d'habitation qu'elle allait devoir partager avec sa tante se trouvaient derrière.

Tout cela était terriblement austère, nu et dépourvu de confort. Rien n'évoquait l'idée d'un foyer. Bertilla fut frappée, dès son entrée, par l'atmosphère pénible et oppressante qui régnait dans la maison. C'était comme si tout amour en avait été chassé.

Puis elle se gourmanda, se trouvant stupide de se laisser dominer par sa première impression. Elle devait être reconnaissante à sa tante de lui donner un foyer, alors que personne ne voulait s'encombrer d'elle.

Du bout des lèvres, comme à contrecœur, Agatha lâcha ces mots :

– Je pense que c'est cette chambre que je vais te donner, Bertilla.

Elle la fit entrer dans une pièce étroite, à peine assez grande pour le seul mobilier qu'elle renfermait : un petit lit en bois de fabrication indigène sur lequel était roulé un matelas si mince, qu'il n'en avait que le nom.

La vieille demoiselle expliqua :

– Je me suis toujours servie de cette pièce quand il y avait quelqu'un de malade; je n'ai pas d'autre endroit où te mettre pour dormir.

– Je suis vraiment navrée, tante Agatha, de vous causer tant de dérangement, dit Bertilla.

– Bien sûr, tu peux l'être! Maintenant que ta tante Margaret est morte, ta mère ne veut plus entendre parler de toi. Elle s'est toujours déchargée de ses responsabilités sur les autres.

Elle avait parlé sur un ton tellement méprisant que Bertilla eut immédiatement envie de voler au secours de sa mère et de prendre sa défense, bien qu'au fond d'elle-même elle pensât exactement la même chose. Elle y renonça, persuadée qu'il ne servait à rien de discuter avec sa tante.

Les Malais qui transportaient les malles depuis le bateau entrèrent à cet instant et les déposèrent par terre dans la chambre.

Tout naturellement, Bertilla dit à sa tante :

– Vous savez que je n'ai plus d'argent, tante Agatha. Il faut donc que ce soit vous qui payiez les porteurs.

Agatha entreprit aussitôt de longs palabres en malais et Bertilla comprit qu'elle discutait âprement le salaire réclamé par les porteurs. La jeune fille tenait à les payer largement puisqu'ils avaient dû chacun porter une lourde malle sur ce long trajet. Mais n'ayant plus la moindre piécette sur elle, elle était bien obligée d'en passer par la volonté de sa tante. Elle assista donc, impuissante, à la discussion qui se termina apparemment par la victoire d'Agatha Alvinston, car le visage des hommes se renfrogna lorsqu'elle leur mit dans la main ce qu'elle voulait bien leur accorder.

Dès qu'ils eurent le dos tourné, elle dit sèchement :

– Tu ferais bien de quitter tous tes beaux atours et d'enfiler quelque chose de plus pratique pour travailler.

Bertilla osa cependant demander :

– Ne pourrais-je pas avoir quelque chose à boire, tante Agatha? Il fait tellement chaud : je meurs de soif.

– Tu peux te servir toi-même. Ne t'attends pas à ce que je fasse le service.

– Non, bien sûr. Il faut simplement que vous me montriez où les choses sont rangées.

Par la suite, Bertilla comprit pourquoi sa tante avait l'air si décharnée : il n'y avait presque pas de nourriture dans la maison.

Elle apprit aussi que les enfants qui venaient à l'école de la mission étaient fort mal nourris à midi. On leur donnait seulement un peu de riz de la plus mauvaise qualité, avec des fruits cueillis dans la jungle et, parfois, quelques morceaux de sucre.

Tous ces fruits nouveaux parurent bizarres à la jeune fille. Elle reconnut néanmoins les durions à leur odeur abominable qui était un mélange d'oignon et de fromage. De la taille d'une noix de coco, leur peau était couverte de piquants et leur pulpe d'un blanc crémeux séparée en cinq tranches.

Mais Bertilla avait tellement faim, ce soir-là, qu'elle se força à en goûter un; et elle découvrit que c'était un fruit exquis au goût de crème pâtissière.

Sa faim n'étant pas apaisée pour autant, elle se força à avaler le riz en dépit du dégoût que cette nourriture lui inspirait. Il y avait aussi du thé : c'était une variété locale assez insipide que l'on ramassait sur place et dont sa tante faisait une grande consommation. Bertilla fut informée qu'elles tueraient de temps en temps un des petits poulets maigres qu'elle avait vus courir autour de la maison.

L'une des tâches qui lui furent assignées était de rechercher les œufs que les poules allaient pondre un peu partout dans les herbes au delà du terrain piétiné par les enfants.

Mais Bertilla fut horrifiée par la façon dont sa tante se conduisait avec les jeunes femmes qu'elle employait pour l'aider. C'étaient de très belles créatures avec de longs cheveux qui leur descendaient plus bas que la taille et des visages ravissants. Elles avaient l'air très gaies, parlant et riant entre elles, dès que sa tante n'était pas là pour les voir.

L'une d'entre elles était évidemment une Dyak, puisqu'elle portait de lourdes boucles qui étiraient les oreilles comme c'est l'usage chez les femmes de cette ethnie. Selon Bertilla, les deux autres devaient être malaises.

Cependant Agatha Alvinston ne laissa pas le temps à sa nièce de se faire des illusions sur ses jeunes aides : le soir même, Bertilla savait à quoi s'en tenir.

Quand elle ressortit de la maison où elle venait, sur les ordres de sa tante, de laver le plancher et de nettoyer la salle de classe après le départ des enfants, elle trouva sa tante en train de battre la jeune Dyak : elle lui appliquait de rudes coups de fouet sur le dos.

Elle la frappa longtemps sous le regard horrifié de Bertilla. La femme finit par s'enfuir en hurlant et courut se réfugier dans la hutte en feuilles de palme tout proche où les trois femmes habitaient.

Agatha Alvinston cria quelque chose à son adresse

qui devait être une injure, puis se retournant, elle découvrit le regard indigné de sa nièce qui balbutia :

– Vous l'avez battue, tante Agatha!

– Parfaitement, je l'ai battue. Et ce n'est pas la dernière fois que tu me verras le faire.

– Mais pourquoi? Avez-vous la permission de le faire? demanda-t-elle avec effarement.

– Quoi! la permission? Avec une pareille racaille, j'ai le droit de faire tout ce que je veux, voyons! Elles devraient être en prison; mais elles purgent leur peine en travaillant chez moi.

Bertilla commençait à comprendre pourquoi les jeunes femmes restaient là. Elle avait déjà pensé, bien souvent, en entendant le ton sur lequel sa tante leur parlait, que n'importe quelle servante aurait déjà rendu son tablier et, à plus forte raison, une institutrice.

– Vous dites qu'elles devraient être en prison? Pourquoi et qu'ont-elles donc fait? questionna-t-elle.

– Volé, enfreint la loi... et pourtant il n'y a pas beaucoup de lois dans ce pays. Enfin, elles doivent être punies pour les péchés qu'elles ont commis, comme tous les pécheurs doivent l'être partout! dit Agatha d'une voix dure.

Tout en parlant, elle fixait sa nièce méchamment. Celle-ci se souvint que, dans son enfance, sa tante passait son temps à exhorter son père à lui infliger des corrections corporelles. Lui tournant le dos, Bertilla s'éloigna. Elle se sentait pleine de honte et de dégoût devant cette manière de se conduire.

Mais lorsque plus tard, le soir, elle dut écouter les méthodes qu'Agatha employait pour enseigner le christianisme aux indigènes, elle en resta épouvantée.

Ayant eu la chance de découvrir un nid caché sous un buisson de rhododendrons fleuris, Bertilla eut droit à un œuf pour son petit déjeuner du lendemain.

Les enfants revinrent et la jeune fille eut un aperçu

des méthodes pédagogiques de sa tante. La journée débutait par d'interminables prières, et tout le monde restait à genoux pendant qu'Agatha Alvinston les lisait. Puis venait une lecture de la Bible qui n'en finissait plus. Ensuite les enfants chantaient un cantique en anglais, langue qu'ils ne comprenaient pas. Leurs prétendues maîtresses ne la comprenaient d'ailleurs pas plus et tout le monde écorchait les mots.

Bertilla observa toutefois que, même ainsi, les enfants semblaient prendre plaisir à écouter la musique d'accompagnement que jouait sa tante sur un très vieux piano portatif. Ce piano, Bertilla devait le nettoyer soigneusement chaque jour afin d'empêcher les termites de l'attaquer.

Ensuite, il fut demandé à trois des plus grands enfants de réciter leur catéchisme, ce qui se termina, comme tous les jours – Bertilla devait s'en rendre compte très rapidement – par des larmes et des fessées. L'instruction religieuse était terminée, mais à la fin de la journée, les enfants récitaient encore de longues prières avant de partir.

Le reste du temps était occupé par les leçons que donnaient les jeunes femmes : elles étaient censées leur apprendre à lire quelques mots très simples et à compter.

On apporta les noix de coco, les cailloux et les morceaux de bois qui servaient pour faire des additions; mais Bertilla remarqua que les maîtresses improvisées se désintéressaient immédiatement de la leçon dès qu'Agatha Alvinston avait le dos tourné et les enfants reprenaient leurs jeux.

Il s'était produit un incident désagréable le matin, à la première heure, parce que la jeune Dyak était arrivée à l'école avec un bouquet d'orchidées dans les cheveux.

Les fleurs, bien arrangées, étaient du plus charmant effet. La jeune femme elle-même avait l'air d'une fleur.

Mais Agatha, furieuse de cette coquetterie, entra

dans une terrible colère. Elle se jeta en hurlant sur la malheureuse et lui arracha méchamment des poignées de cheveux en même temps que les orchidées. Les ayant piétinées, elle sortit son fouet et recommença à frapper la jeune femme comme la veille.

Bertilla, qui n'avait pas voulu assister à cette scène dégradante, s'était réfugiée au fond de la maison. Cependant elle n'était pas à l'abri des cris de fureur qui continuaient de parvenir à ses oreilles. Elle se disait avec consternation :

– Elle n'est pas normale. A vivre toute seule dans ce pays perdu, elle a perdu la raison!

La jeune fille prit alors conscience de son propre isolement et de son impuissance. La panique l'envahit en songeant qu'elle ne pouvait avoir recours à personne. Cette pensée inquiétante la hanta toute la matinée, aussi, au déjeuner, lorsqu'elle s'assit avec Agatha, elle lui demanda :

– Y a-t-il des Européens à Kuching?

– Il y a le rajah et son épouse, mais ils ne comprennent rien à la tâche que je remplis ici. A mon avis c'est un homme qui fuit les responsabilités, répondit la missionnaire d'un ton aigre.

Bertilla s'étonna.

– Qu'entendez-vous par là? demanda-t-elle.

– J'ai entendu – de mes propres oreilles – sir Charles déclarer que l'anglais est une langue barbare, grossière, et qu'il lui préfère le français et même le dialecte guttural des Dyak.

Agatha Alvinston avait pris un ton dégoûté pour dire cela, comme s'il s'agissait d'une chose malpropre. Puis elle reprit :

– Tu veux savoir quels sont les Européens qui résident à Kuching? Eh bien, il y a le valet de chambre français du rajah, au cas où tu voudrais associer ta vie à la sienne. Il y a trois couples mariés dont je n'ai que faire, et cinq ou six célibataires qui ne viendront pas te faire la cour ici!

– Mais ce n'était pas du tout à cela que je pensais!

Méprisant son interruption, sa tante continua :

– De la canaille! Des gens stupides et ignorants qui ne prient pas et qui trouvent très bien de laisser ces païens croupir dans leurs abominables coutumes barbares!

Agatha se leva de table et cria plus fort encore :

– Je suis seule! je suis seule à apporter la parole de Dieu et la lumière de Sa religion dans l'obscurité.

La flamme qui brillait dans ses yeux et le ton inspiré sur lequel elle avait proféré ces mots accrurent encore l'inquiétude de Bertilla qui commençait à avoir vraiment peur de cette femme.

« Elle est réellement folle! pensa-t-elle en son for intérieur. Peut-être devrais-je avertir sir Charles Brooke? »

Cependant, elle hésitait, se disant que le rajah, qui avait la charge du pays tout entier, ne devait guère avoir le temps de s'occuper des ennuis personnels de la nièce d'une missionnaire.

Il lui parut en outre évident que, dans une si petite communauté d'Européens, tout le monde devait connaître sa tante et ce qu'elle faisait, de même qu'il était très possible que quelqu'un vienne les voir à la mission; elle aurait alors l'occasion de faire part de ses craintes à quelqu'un de qualifié.

Mais personne ne vint. Apparemment, elles étaient condamnées à vivre dans un isolement total, dans la triste maison de bois, entourée par cette jungle impénétrable.

Elle n'avait même pas la ressource de se réconforter grâce à la lecture, car il n'y avait pas un seul livre dans toute la maison, à part la Bible et quelques bulletins émanant d'œuvres religieuses, accumulés là depuis l'arrivée d'Agatha Alvinston.

Ce soir-là, lorsque Bertilla se retrouva seule dans sa chambre étroite, étendue sur son lit bien dur, elle regretta d'être venue se jeter dans une prison dont elle ne pourrait jamais s'échapper. Elle avait eu trop de travail dans la journée pour avoir le temps de penser, car sa tante ne lui avait pas menti en lui disant qu'elle avait l'intention de la faire travailler dur.

Dès le premier jour, la jeune fille dut faire le ménage dans toutes les pièces d'habitation et, le lendemain, la préparation des repas lui échut en plus, la vieille femme indigène qui faisait cuire habituellement le riz ayant disparu, soit qu'elle fût malade, soit qu'elle se fût enfuie.

Il fallait brosser les planchers quotidiennement, afin d'éviter qu'ils ne soient attaqués par quantité d'insectes malfaisants pour lesquels la jeune fille éprouvait une terrible répulsion. Il lui fallait aussi laver les vêtements – ou du moins ce que la missionnaire appelait vêtements – des enfants.

Bertilla découvrit en effet, avec étonnement, que la plupart d'entre eux arrivaient complètement nus à l'école et que sa tante avait en réserve des sortes de robes de cotonnade, confectionnées comme des sacs, qu'elle leur faisait enfiler pour cacher leurs petits corps bruns pleins de fossettes.

S'étant aperçue que les trois jeunes prisonnières étaient bien décidées à en faire le moins possible et essayaient même de défier sa tante, Bertilla prit le parti de se charger des travaux ménagers quotidiens pour ne pas entendre sa tante vitupérer les malheureuses et surtout les battre.

La nuit restait donc le seul moment où Bertilla échappait enfin au bruit, aux cris, aux désagréments et aux besognes qui semblaient ne jamais devoir finir. Alors, allongée dans sa chambre sans air, elle écoutait les bruits nocturnes : les chants des crapauds-buffles, les cris stridents des chauves-souris, et les mille bruissements des insectes.

Elle entendait par moments le chœur de la nature enfler, devenir immense, les bruits se multiplier à l'infini, comme si chaque arbre, chaque plante, chaque brin d'herbe lançaient des appels d'amour dans la douce obscurité de la nuit veloutée. Ces cris et ces appels étaient semblables à ceux que son cœur à elle jetait désespérément par-dessus la mer vers l'homme qui lui avait donné tout le bonheur de sa vie et qu'elle ne reverrait plus jamais.

– Je l'aime! murmurait-elle. Et je l'aimerai toujours.

Il y avait déjà une semaine que Bertilla était installée à la mission, quand se produisit un incident pénible dont le souvenir devait la laisser pleine d'angoisse.

Deux des enfants parmi les plus âgés s'étaient querellés et avaient fini par s'arracher les cheveux. Bertilla, qui les avait vus faire, savait que c'était par jeu plus que par colère.

Malheureusement, Agatha Alvinston, étant survenue sur le terrain de jeux, ne le prit pas ainsi. Elle se retourna contre la femme Dyak chargée de la surveillance pour lui faire de violentes remontrances. Sa colère éclata et, comme d'habitude, elle ne se borna pas à crier. Elle finit par saisir sa canne qui n'était jamais loin, et s'acharna sur la jeune femme.

Celle-ci réussit à lui échapper, mais en se retournant pour partir en courant, elle trébucha et se retrouva à la merci de la vieille femme. Elle se débattait pour essayer de se relever, mais les coups pleuvaient sur elle, et cette fois, non seulement sur son dos, mais sur sa tête, ses membres, partout sur son corps.

Elle paraissait petite et frêle aux côtés de la grande Anglaise et Bertilla avait l'impression que sa tante rouait de coups un enfant. Elle se précipita en avant instinctivement :

– Arrêtez, tante Agatha! Cessez tout de suite! C'est cruel. Vous n'avez pas le droit de traiter cette femme comme ça.

Sa tante n'eut pas l'air de l'entendre et continua à faire pleuvoir les coups de canne sur la malheureuse qui ne pouvait se relever. Bertilla cria de nouveau :

– Cessez!

Et elle s'avança pour intervenir. Elle n'eut pas le temps d'allonger le bras pour s'emparer de celui de sa tante : elle reçut un coup de canne sur le dos et sa tante la frappa à deux reprises. Puis elle la repoussa brutalement pour recommencer à battre la Dyak.

Ce court répit avait donné le temps à la jeune femme de se relever. Elle était à genoux maintenant et hurlait sous les coups.

Quand elle réussit enfin à se dégager pour s'enfuir, Bertilla gisait toujours à terre, là où sa tante l'avait fait tomber en la repoussant. Avant de se remettre sur ses pieds, elle suivit des yeux la fuite de la jeune indigène, souhaitant qu'elle puisse regagner le refuge inviolable de la hutte où elle habitait.

Soudain, Bertilla aperçut, se dissimulant parmi le feuillage des buissons qui étaient derrière la hutte, un visage d'homme. C'était un Dyak, sans aucun doute : elle avait eu le temps de voir ses tatouages bleus et les plumes dans ses cheveux.

Ce fut une vision très brève. Bertilla distingua un instant un visage crispé de colère, puis le feuillage se referma sur lui.

Elle ne se demanda que beaucoup plus tard dans la journée, si elle devait ou non faire part à sa tante de ce qu'elle avait vu. La présence de ce Dyak lui paraissait d'autant plus bizarre qu'elle était inusitée. Depuis qu'elle était installée chez sa tante, jamais aucun homme indigène n'était venu à la mission.

Elle trouvait aussi bien étrange que les jeunes femmes restent là à subir les mauvais traitements que leur infligeait quotidiennement sa tante sans chercher à s'enfuir. Son dos la faisait affreusement souffrir bien qu'elle n'ait reçu que deux coups de canne, et elle se sentait pleine de commisération pour ces jeunes femmes.

Ce soir-là, quand elle fut couchée, Bertilla ne retrouva pas le plaisir enchanté qu'elle éprouvait les nuits précédentes en écoutant les bruits de la forêt. Le chant de la jungle avait perdu son charme magique depuis qu'elle savait que les crapauds-buffles, les oiseaux et les petits animaux n'étaient pas ses seuls habitants. La jungle abritait aussi les guerriers Dyak dont la collection de têtes des hommes qu'ils avaient décapités était le plus précieux trésor.

Lord Saire débarqua à Sarawak sur une canonnière. S'il avait pris le vapeur faisant le service régulier entre Singapour et Kuching, il lui aurait fallu attendre deux semaines avant de pouvoir rejoindre Bertilla. Incapable d'attendre si longtemps, il s'était empressé de trouver une autre solution.

Sa mission comportait entre autres des entretiens avec les commandants des unités de guerre basées à Singapour. Pour ses déplacements à travers l'archipel et la visite des diverses îles, il lui fallait donc un aviso.

Il s'aperçut, lorsqu'il demanda le bateau à la capitainerie, que l'officier était surpris de voir qu'il avait mis Sarawak en tête de liste. Ce n'était certes pas l'île où se présentaient les problèmes les plus pressants.

Néanmoins, dans tous ces petits territoires, les administrateurs attendaient la visite de lord Saire, dans l'espoir que ses hautes capacités permettraient de trouver des solutions. Déjà, à Singapour, il avait pu constater que de nombreuses personnes désiraient s'entretenir avec lui, en vue de faire transmettre leurs doléances au gouvernement.

Il avait remis à plus tard tous ces rendez-vous et tiré un trait sur ses obligations officielles qui auraient dû le retenir à Singapour pour honorer de sa présence de nombreuses réunions de travail.

La seule chose qui l'intéressait dans l'immédiat, c'était de se rendre à Sarawak, et il l'avait déclaré tout net à ceux qui espéraient de le retenir à Singapour.

Il n'avait heureusement pas rencontré la moindre opposition de la part des fonctionnaires du gouvernement, car on savait qu'il avait l'habitude d'organiser ses tournées comme il l'entendait.

On lui avait donc tout de suite promis la canonnière qu'il réclamait. Lorsque le petit aviso fut prêt, il leva l'ancre pour Sarawak.

Dès qu'il fut à bord et libre de se lancer à la poursuite de Bertilla, il éprouva un immense soulagement.

Il avait soigneusement évité tout ce qui aurait pu faire soupçonner le but réel de son départ pour Sarawak. Il tenait à préserver Bertilla de tout commérage. Et il savait, par expérience, qu'il fallait se méfier des femmes de la colonie européenne.

Bertilla avait eu suffisamment à pâtir de leur curiosité et de leurs médisances. Lord Saire était résolu à éviter à la jeune fille toute cause de souffrance.

Quand il arriva enfin à Sarawak, il exigea que la canonnière aille accoster en face du perron du palais Astana où résidait le gouverneur.

L'arrivée d'une canonnière était un grand événement à Sarawak. Tous les habitants de Kuching se précipitèrent vers le fleuve et la rive était noire de monde quand le bateau jeta l'ancre. Plusieurs personnalités officielles étaient venues accueillir lord Saire et lui firent escorte, tandis qu'il se rendait directement au palais avec le commandant de l'aviso.

C'était une longue bâtisse blanche avec des toits en pente et flanquée d'une haute tour en pierre grise gardée par une sentinelle armée.

Les pièces étaient immenses et lord Saire ne cessait de s'étonner de leur décoration fastueuse, mélange du plus mauvais goût et d'objets d'une grande beauté.

Les proportions des salons étaient harmonieuses, mais le rajah y avait entassé un invraisemblable bric-à-brac de meubles qui n'étaient que des copies de mobilier anglais et français de toutes les époques.

On trouvait là, alignés contre les murs, des meubles en acajou du début de la période victorienne, des miroirs dispersés sur de petites tables à sabots de cuivre, à côté de figurines en porcelaine de Dresde.

Du premier coup d'œil, lord Saire put évaluer la

beauté du plafond; il s'ornait de dragons et de fleurs ciselés dans le plâtre. C'était l'œuvre d'artisans chinois. Mais il n'eut pas longtemps à attendre et son examen s'arrêta là.

Le fameux rajah blanc, sir Charles Brooke, le reçut immédiatement. C'était un homme très distingué, portant de longues moustaches blanches et dont les cheveux gris bouclés encadraient un front haut et noble. Il avait de gros sourcils blancs proéminents, des poches sous les yeux, un cou maigre et ridé comme celui d'une vieille tortue et une lourde mâchoire carrée.

Son expression hautaine, la froideur de son comportement, son air distant étaient ceux d'un homme qui a des principes et entend les faire respecter.

Lord Saire avait entendu raconter, tout comme Bertilla, que le rajah avait un faible pour la langue française (1) et pour tout ce qui était français en général.

Fervent admirateur de Napoléon Ier, il connaissait par cœur toutes ses campagnes.

Il était abonné au *Figaro* qu'il recevait avec un retard de plusieurs semaines mais qu'il lisait avec la plus grande attention. Il fondait ses opinions et sa connaissance de la politique du moment sur les informations de ce quotidien. Il n'avait aucune confiance dans les journaux anglais.

Décidé à entrer dans les bonnes grâces de sir Charles Brooke, lord Saire avait choisi, avec son sens diplomatique habituel, le cadeau qu'il lui apportait : deux livres qui venaient de paraître à Paris, l'un sur les guerres de Napoléon Ier et l'autre traitant des derniers chefs-d'œuvre acquis par le musée du Louvre.

Il avait eu la chance de trouver le premier dans une librairie de Singapour et avait obtenu que le second lui soit cédé par le secrétaire du gouverneur qui l'avait

(1) Qui était, à l'époque, la langue diplomatique.

prélevé sur une caisse de livres nouveaux en provenance d'Europe.

Le rajah, ravi, se montra beaucoup moins distant et autoritaire qu'il ne l'était habituellement.

Lady Brooke avait été très belle dans sa jeunesse, mais une effroyable tragédie avait marqué sa vie et lui avait enlevé sa gaieté naturelle. Ses trois premiers enfants, une fille et des jumeaux, étaient morts subitement à quelques heures d'intervalle, en 1873, au cours d'un voyage en mer, sur le *Hydaspes* qui les ramenait en Angleterre. Le vapeur remontait la mer Rouge à ce moment-là. Brusquement, du jour au lendemain, ils étaient passés de vie à trépas. Personne ne sut de quoi ils étaient morts. On fit toutes sortes de suppositions par la suite, on accusa le choléra, un coup de chaleur, une bouteille de lait avarié...

Quoi qu'il en soit, les trois enfants furent immergés et le rajah ne voulut plus jamais voyager sur les bateaux de la compagnie P. & O. à laquelle appartenait le *Hydaspes*.

Lady Brooke avait cependant montré un grand courage. Elle était retournée à Sarawak et avait mis de nouveaux enfants au monde. Sa vie était triste et solitaire. Son mari ne s'intéressait qu'à son travail. Il ne la consultait jamais et ne se souciait nullement de ce qu'elle pensait. Jamais il ne lui avait permis de danser avec un autre homme que lui, ni de raccourcir ses robes quand la mode le voulait.

Lord Saire plut à lady Brooke, par ses manières douces et raffinées et sa politesse attentive.

Il avait été invité à dîner, ce soir-là, au palais Astana. Ils étaient tous assis dans l'immense salle à manger éclairée de nombreuses lampes à huile. Des Dyak se tenaient debout à côté de chaque invité et l'éventaient avec des palmes. Le couvert était somptueux et la table croulait sous les cristaux et l'argenterie.

Il lui était difficile de s'imaginer dans une île barbare isolée du monde civilisé.

Le rajah arborait son uniforme vert et or et sa

poitrine était couverte de décorations. Tous les membres de la petite colonie européenne avaient été conviés à ce dîner offert en l'honneur de lord Saire; les officiers de la canonnière étaient également présents.

Le rajah s'était arrangé pour que la plus jolie des femmes invitées soit la voisine de table de son hôte d'honneur.

Avant le dîner, ils avaient parlé femmes, d'homme à homme, en toute liberté. Et sir Charles avait confié à son visiteur :

– Une belle femme, un cheval pur sang ou un yacht bien profilé, voilà les plus belles joies d'une existence!

Lord Saire avait répondu qu'il était entièrement d'accord tout en pensant : « Je suis bien certain que sir Brooke n'a jamais dû se priver de ces plaisirs-là. »

Le repas terminé, tout le monde était passé au salon. Theydon Saire, assis à côté de lady Brooke, réussit à amener la conversation sur le sujet qui l'intéressait.

– On m'a dit que vous aviez une missionnaire, à Sarawak, du nom d'Agatha Alvinston, déclara-t-il.

Lady Brooke leva les mains dans un geste d'impuissance.

– Oh! oui, lord Saire! Et elle est bien fatigante! Vous ne pouvez imaginer la multitude d'ennuis qu'elle cause sans cesse à mon pauvre mari. Mais comment se fait-il que vous ayez entendu parler d'elle?

– Sa belle-sœur, lady Alvinston, est parmi les hôtes les plus assidus de Marlborough House.

– C'est vrai, au fait. Mais je l'avais oublié. J'ai si peu de contact, maintenant, avec la vie mondaine. Vous allez me donner de ses nouvelles.

– Lady Alvinston est très belle.

– On ne peut en dire autant de sa belle-sœur. C'est la femme la plus laide que j'aie jamais connue; et avec l'âge, elle est devenue à moitié folle.

– Folle? s'étonna lord Saire.

– Elle fait des choses bizarres et il court toutes sortes d'histoires fort déplaisantes sur la façon dont elle traite les enfants qui fréquentent l'école de la mission. J'aimerais que les missionnaires laissent les Dyak tranquilles. Ce sont des gens doux et gentils, quand on ne se mêle pas de leurs affaires, et mon mari a beaucoup amélioré les choses.

Elle lut dans ses yeux la question que se posait lord Saire et elle se mit à rire :

– Oui, je sais : il y a encore pas mal de chasseurs de têtes en activité. Mais ils ont bien diminué de moitié. Quant aux pirates, ceux que l'on appelait les *Sea-Dyak* (1), ils se sont très bien conduits toute cette année. Je pense que c'est une chose intéressante et sur laquelle vous enquêterez, lord Saire.

– Certes, répondit-il.

Mais il ne voulait pas se laisser détourner de la question qu'il désirait élucider. Aussi enchaîna-t-il :

– Je ne sais si vous êtes au courant, mais lady Alvinston a envoyé sa fille à Sarawak où elle doit partager l'existence de sa tante.

Lady Brooke sursauta.

– Grand Dieu ! C'était donc elle. Figurez-vous que l'on m'a raconté qu'une jeune fille blanche avait débarqué du vapeur au début de la semaine. J'ai cru qu'elle venait en visite chez l'un ou l'autre des Européens qui résident à Kuching et que nous avons tous réunis ici ce soir. Lorsque j'ai constaté qu'aucun d'entre eux ne me demandait la permission d'amener une invitée, je me suis dit que j'avais fait une erreur, expliqua-t-elle en agitant son éventail.

– Miss Alvinston voyageait, comme moi, sur le *Coromandel*, précisa lord Saire.

– Oh ! la pauvre enfant ! Elle a dû avoir une peur terrible. Mais on m'a dit que tout le monde avait été sauvé ?

– Nous avons eu beaucoup de chance que l'incendie se soit produit quand nous étions dans le détroit de Malacca. Cela ne se serait pas si bien terminé si nous

(1) Les pirates de la mer.

avions été encore en mer Rouge, répliqua vivement lord Saire.

Un nuage de tristesse noya le regard de lady Brooke et il s'aperçut, mais trop tard, qu'il avait commis un impair. Il se hâta de revenir à son sujet :

– Je me dois donc de rassurer lady Alvinston sur le sort de sa fille, et c'est pourquoi je voulais vous demander si elle était bien installée auprès de sa tante.

– Je suis malheureusement tout à fait incapable de répondre à votre question. Mais j'irai faire une petite visite à la mission dès demain matin pour rencontrer miss Alvinston.

Lady Brooke resta un moment silencieuse, puis reprit, d'un ton songeur :

– Je trouve assez surprenant que lady Alvinston ait envoyé sa fille ici, chez sa belle-sœur. Peut-être après tout, ne restera-t-elle pas définitivement...

– C'est ce que nous découvrirons demain matin, répondit lord Saire d'un ton désinvolte.

Il avait obtenu exactement ce qu'il voulait. Alors, le cœur plus léger, il passa à un autre sujet.

Le rajah avait l'habitude de se lever à 5 heures du matin, dès que le coup de fusil qui le réveillait était tiré au fort. Aussi n'aimait-il guère voir les invités s'attarder le soir. Les Européens qu'il avait conviés ce soir-là se levèrent donc assez tôt pour partir. Ils semblaient le faire à regret, car ils avaient trouvé la soirée agréable.

Ils se montrèrent très expansifs avec lord Saire qui dut leur promettre à tous d'aller visiter leurs plantations s'il en trouvait le temps. Il comprenait aussi que la perspective de le recevoir risquait de perturber leurs épouses. Il s'ingénia à rassurer ces dernières gentiment, en leur disant qu'il ne ferait que boire un verre pour gagner du temps et qu'il tenait expressément à ce qu'elles ne préparent rien pour lui.

Il eut, néanmoins, la nette impression que ses paroles n'avaient pas été prises au sérieux par la plupart des femmes.

Tout le monde était parti. Il ne restait plus que le capitaine qui s'apprêtait à regagner son bateau, quand un domestique entra brusquement dans le salon, l'air très agité. Il alla droit vers le rajah et lui parla à l'oreille avec véhémence.

Sir Charles Brooke éclata :

– C'est encore la faute de cette maudite femme! C'est bien fait pour elle!

– Que se passe-t-il? s'inquiéta aussitôt son épouse.

Les yeux du rajah lançaient des éclairs. Il expliqua :

– On m'apprend que les Dyak sont en train d'attaquer la mission. Ce qui signifie, évidemment, que je suis tenu d'expédier mes soldats pour sauver cette incorrigible vieille harpie et lui épargner le châtiment qu'elle a mille fois mérité.

– Ils attaquent la mission! s'exclama lord Saire. Dans ce cas, je veux me joindre aux soldats, si vous me le permettez. Il faut certainement intervenir de toute urgence.

Lord Saire et le commandant du bateau partirent aussitôt avec un détachement de soldats. Dès qu'ils approchèrent de la mission, ils entendirent des coups de fusil.

L'officier commandant la petite troupe déclara à son visiteur qui marchait à côté de lui :

– C'est certainement la vieille dame. Elle manie le fusil à merveille et a déjà tué et blessé pas mal de Dyak avec qui elle s'est querellée.

Lord Saire ne pouvait pas voir le visage de l'officier dans l'obscurité; mais il devina que celui-ci souriait, trouvant très amusante la résistance de la vieille missionnaire.

Quant à lui, il avait peur pour Bertilla. Le désespoir qu'il éprouvait l'étonnait lui-même : jamais il ne se serait cru capable d'un pareil sentiment.

Il se faisait d'amers reproches :

« Comment, sachant ce qu'était la vie à Sarawak, ai-je pu être assez fou et stupide pour la laisser partir seule, sans aucune protection et pour venir vivre avec une tante que tout le monde méprise et déteste ? »

Il était bourrelé de remords au souvenir de celle qu'il avait tenue dans ses bras. Et, au souvenir de cette extase merveilleuse qu'ils avaient éprouvée ensemble, il se jura en lui-même :

« Si jamais il devait arriver malheur à Bertilla à cause de ma conduite stupide, je renoncerais à la vie. »

La violence de ses réactions le stupéfiait : jamais il n'avait été ainsi. Il était hanté par l'idée que, s'ils arrivaient trop tard, il risquait de retrouver Bertilla décapitée.

La route lui semblait ne devoir jamais finir. La marche des soldats était trop lente à son gré. Il avait l'impression qu'il allait devenir fou.

Il avait du mal à se dominer et à répondre sur un ton naturel quand les autres lui parlaient. Il appelait au fond de lui-même : « Bertilla ! Bertilla !... »

Il savait très bien que les Dyak viendraient assez rapidement à bout de la résistance des deux femmes, même s'ils n'avaient pour armes que leurs grands coutelas.

On entendait encore Agatha Alvinston tirer, au moment où l'officier donna l'ordre à ses soldats de charger.

La petite troupe venait de déboucher sur un terrain dégagé, au sortir d'une longue route sans visibilité, taillée comme un tunnel à travers la jungle. Lord Saire fut étonné de voir aussi bien qu'en plein jour : la maison attaquée était là, devant lui.

Les Dyak s'enfuirent dans la jungle dès qu'ils apparurent. Il n'y avait aucun doute : ils avaient revêtu leurs costumes de guerriers, portaient leurs armes et des coiffures de plumes sur la tête. Leurs boucliers et les lames incurvées de leurs kriss luisaient sous le clair de lune.

Ils disparurent en un clin d'œil sous le tir des soldats. Pendant ce temps, lord Saire courait comme un forcené vers la maison. Il trouva la porte ouverte et se rua à l'intérieur.

La première chose qu'il vit, en entrant, fut le fusil dont s'était servie Agatha Alvinston, abandonné à côté d'un tas impressionnant de cartouches vides.

Mais la missionnaire avait disparu et la maison était totalement silencieuse. Lord Saire se précipita dans les autres pièces sans trouver âme qui vive.

Quand il vit la cuisine vide elle aussi, il eut l'impression qu'une main glacée lui broyait le cœur.

Il sentait qu'il avait perdu l'être à qui il tenait le plus au monde : Bertilla... Il aurait voulu l'appeler, crier son nom, mais ses lèvres sèches refusaient d'obéir.

Découvrant une porte au fond de la cuisine, il se sentit de nouveau galvanisé. Pourtant, son espoir n'était que très faible lorsqu'il tourna la poignée de cette dernière porte.

Et il la vit, debout en face de lui, le dos au mur, fixant avec un indicible effroi cette porte qu'il ouvrait.

– Bertilla!

Ils restèrent figés à se contempler, à la lumière du clair de lune qui entrait par la fenêtre, comme s'ils ne pouvaient croire à la réalité. Puis la jeune fille jeta un cri inarticulé et se précipita dans les bras de lord Saire.

Incapable de parler ni même d'embrasser les cheveux blonds qui voltigeaient sous ses lèvres, il se pénétrait simplement du bonheur de la tenir entre ses bras et de la joie de savoir que ce qu'il avait redouté n'était pas arrivé.

Bertilla était vivante!

7

Bertilla tremblait dans les bras de lord Saire.

Elle murmura enfin, d'une voix presque inaudible :

– J'ai eu tellement peur... Je me suis cachée sous le lit et j'ai prié... J'ai demandé au ciel de vous envoyer pour me sauver.

– Comment saviez-vous que j'étais à Sarawak? demanda-t-il d'une voix mal assurée.

– Non... Je ne le savais pas... Mais je pensais à vous. Je tentais de vous appeler au secours, en quelque endroit que vous fussiez... J'avais tellement peur...

– Maintenant, vous êtes sauvée, Bertilla. C'est fini. Rien ne pourra plus jamais vous menacer.

Blottie contre lui, elle se détendait peu à peu. Il releva sa tête et la contempla qui levait tendrement son beau regard vers lui. La lumière argentée du clair de lune faisait briller ses cheveux. Il répéta, plein d'émotion :

– Tout va bien maintenant.

Et les petites mains qui s'agrippaient à sa veste relâchèrent un peu leur prise.

Ils entendirent des pas. C'était l'officier commandant le détachement de soldats.

– Je vous cherchais, milord, dit-il en entrant.

– J'ai retrouvé miss Bertilla! annonça lord Saire sur un ton triomphal, comme s'il avait escaladé un haut sommet.

– Puis-je vous dire deux mots, milord? demanda l'officier.

Mais les mains de Bertilla serrèrent plus fort son bras, comme si elle avait peur de le perdre.

– Asseyez-vous là, sur votre lit, quelques instants. Je n'irai pas loin : ne craignez rien. Je suis venu avec des soldats et ils ont fait fuir les Dyak.

Il se rendait bien compte que Bertilla faisait un

violent effort de volonté pour ne pas protester. Elle se laissa conduire jusqu'à sa couchette, et s'assit sans un mot.

C'est alors que lord Saire regarda autour de lui. Constatant la pauvreté de ce misérable réduit, il sentit une rage folle l'envahir et pensa à tout ce que la jeune fille avait enduré sans aucune nécessité.

Il lui adressa un sourire d'encouragement et s'en fut dans la cuisine, laissant la porte ouverte pour que Bertilla puisse le voir et être certaine qu'il ne partirait pas en la laissant seule.

L'officier s'adressa à lui à voix basse :

– Nous n'avons pas pu trouver la moindre trace de miss Agatha Alvinston, milord. Mais nous avons relevé des traces de sang dans la jungle. Est-ce elle qui a été blessée ou l'un des Dyak qu'elle a touché?

Puis, lord Saire n'ayant rien répondu, l'officier reprit d'un ton un peu embarrassé :

– Mes hommes n'ont pas très envie de poursuivre leurs recherches dans la jungle tant qu'il fait nuit.

Lord Saire comprenait les soldats. Les Dyak avaient l'art de se cacher pour guetter leurs victimes. Celles-ci passaient à côté d'eux sans les voir et se faisaient trancher la tête l'instant d'après.

– Je pense qu'il est sage d'attendre jusqu'au matin, en effet, déclara-t-il au grand soulagement de l'officier dont le visage se détendit.

– Qu'allons-nous faire de la jeune fille, milord?

– Nous allons l'emmener avec nous au palais. Y a-t-il un moyen de lui procurer un véhicule quelconque? Pour elle, cela ferait une bien longue marche.

– Je vais envoyer chercher une voiture tout de suite, répondit l'officier.

– Parfait! Mais je vous demanderai de rester avec vos hommes pour garder la maison jusqu'à votre départ, précisa lord Saire.

– Naturellement, milord, acquiesça l'officier.

Lord Saire venait d'apercevoir deux chandeliers sur

la table de la cuisine. L'officier, ayant suivi son regard, se précipita pour allumer les bougies.

Le clair de lune était si brillant que cela n'était pas nécessaire. Mais lord Saire estimait que la lumière, en dissipant les ombres, contribuerait à rassurer Bertilla.

Cet éclairage révéla le dénuement de la cuisine, le mauvais état des ustensiles, la pauvreté et la laideur du mobilier rudimentaire. Il ne fit aucune remarque, mais la pensée que Bertilla avait dû vivre dans ce cadre pendant plusieurs jours lui était intolérable.

Dès que l'officier sortit de la pièce pour aller donner ses ordres, il retourna dans la chambre près de Bertilla. Il s'assit sur le lit et lui passa le bras autour des épaules.

– Ecoutez, Bertilla : je vais vous emmener avec moi au palais chez le rajah. Lady Brooke s'occupera de vous, comme j'aurais dû le faire.

Elle leva la tête et le fixa de ses grands yeux. Son visage était encore pâle. Mais on voyait qu'elle n'avait plus peur. Sa confiance totale en lui se lisait dans son regard. Il se décida à continuer :

– Je suis vraiment très fâché contre vous : pourquoi êtes-vous partie si vite de chez les Henderson, sans attendre de me dire au revoir?

Sa voix douce et attendrie montrait bien qu'il n'était pas réellement en colère. Comme Bertilla détournait la tête pour regarder au-dehors, il reprit :

– Je sais pourquoi vous êtes partie, Bertilla. Mais ce n'était pas nécessaire, voyez-vous. Nous en reparlerons quand nous aurons plus de temps et que nous serons plus confortablement installés.

Elle ne répondit pas. Un long silence s'établit entre eux. Lord Saire fut le premier à le rompre de nouveau.

– Comme nous ne reviendrons jamais ici, je pense que vous devriez emballer vos affaires et nous emporterons vos malles.

– Je n'ai presque rien déballé. Il y avait si peu de place ici, avoua Bertilla.

Lord Saire regarda les bagages empilés dans un coin.

La jeune fille sortit rapidement quelques effets qu'elle avait placés dans les tiroirs d'une commode branlante et décrocha deux robes suspendues à de simples clous au mur.

Moins de cinq minutes plus tard, Bertilla était prête.

Lord Saire la regardait faire, très à son aise, en dépit du cadre misérable où ils se trouvaient. La grâce de la jeune fille lui faisait penser à une gazelle. Il admirait la simplicité et la douceur avec lesquelles elle acceptait les choses de la vie.

Elle jeta un regard autour d'elle.

– Je crois que c'est tout. Je ne voudrais pas oublier quoi que ce soit des jolies choses que Mrs Henderson m'a offertes, dit-elle en refermant le couvercle de la dernière malle.

Lord Saire se leva :

– Laissez cela. Les soldats fixeront les courroies et les porteront dans la voiture qui doit venir nous chercher. Je pense qu'elle ne devrait pas tarder maintenant. Allons voir...

Il ne s'était pas trompé. Au moment où ils sortaient, une calèche tirée par deux chevaux au trot entra dans la clairière.

Quelques instants plus tard, les soldats empilaient les malles à l'arrière. Lord Saire aida Bertilla à grimper sur la banquette, puis s'assit auprès d'elle.

Lorsque les chevaux démarrèrent, il prit sa main :

– Vous n'avez plus peur maintenant?

– Non, c'est fini! Vous êtes là! affirma-t-elle d'une voix confiante. (Puis, baissant la voix :) Qu'est-il arrivé à tante Agatha?

Lord Saire avait depuis longtemps deviné que cette question tracassait la jeune fille, mais qu'elle n'avait pas encore osé la poser. Il fut heureux de pouvoir dire vrai :

– Ma foi, je n'en ai pas la moindre idée. Elle s'est peut-être sauvée dans la jungle. A moins que les Dyak ne l'aient emmenée prisonnière avec eux. Mais les soldats ne peuvent pas faire de recherches efficaces avant le jour.

La voix de Bertilla était comme enrouée :

– J'avais peur que quelque chose de ce genre nous arrive... depuis le jour où j'ai vu un Dyak caché près de la mission alors qu'elle battait l'une des femmes indigènes, d'une façon... sans pitié...

Lord Saire la regarda, sidéré.

– Votre tante la battait?

Bertilla soupira.

– Elle avait l'habitude de battre à tout propos les femmes qui l'aidaient... Oui... Celles qui l'aidaient à faire la classe aux enfants... C'étaient des femmes qui travaillaient chez elle au lieu d'être en prison.

Lord Saire ne fit aucun commentaire. Mais il lui était facile de reconstituer ce qui s'était passé : les Dyak avait naturellement éprouvé un profond ressentiment contre Agatha Alvinston en la voyant maltraiter une femme de leur tribu.

Il pressa la main de Bertilla.

– Oubliez ce qui s'est passé cette nuit, Bertilla. Nous en reparlerons demain.

Bertilla se tourna vers lui et se jeta contre son épaule pour y enfouir son visage, comme un tout petit enfant.

– Je... je crois que tante Agatha est morte... Et... bien que cela me mette dans une situation terrible... je suis incapable de la regretter... Je... je crois qu'elle était un peu folle..., murmura-t-elle avec des sanglots dans la voix.

– N'y pensez plus, Bertilla.

Quelques instants plus tard, la calèche arrivait sous les fenêtres encore éclairées du palais Astana, et il ne leur restait qu'à traverser les jardins bien entretenus.

Bertilla éprouvait une sorte de timidité en montant les marches du perron majestueux aux côtés de lord Saire. Lady Brooke les attendait sur le seuil pour les accueillir. Elle s'avança avec un sourire attendri, puis elle embrassa la jeune fille qui sut qu'elle était maintenant entre de bonnes mains.

Bertilla se reposait, allongée sur une chaise longue dans le jardin du palais Astana. Elle regardait les papillons qui butinaient les fleurs. Certains étaient aussi grands que des oiseaux. Leurs ailes arboraient les plus brillantes couleurs, offrant toute la gamme des bleus et des verts tel le plumage du paon.

Il semblait à Bertilla émerveillée que ces papillons étaient comme les symboles de ses pensées les plus intimes. Toutes les idées et les sentiments qui peuplaient son esprit lui semblaient si beaux qu'elle se sentait incapable de les exprimer avec des mots.

Elle s'était levée tard comme le lui avait recommandé lady Brooke. Quand elle descendit, on lui dit qu'une chaise longue l'attendait dans le jardin et que Theydon Saire était sorti avec le rajah, mais qu'il comptait la voir dès son retour.

Une servante lui apporta des boissons fraîches et pour la première fois elle se sentit heureuse dans ce merveilleux jardin, allongée sous un arbre couvert de fleurs.

Elle avait l'impression, devant ces buissons d'orchidées et cette profusion de fleurs, de séjourner au paradis.

Elle trouvait encore incroyable que lord Saire ait pu apparaître devant elle au moment où elle l'appelait de ses prières, qu'il ait pu la sauver.

Elle se souvenait de sa panique, quand elle avait entendu des bruits insolites autour de la mission, dès que la lune s'était levée; puis elle avait découvert que les buissons s'agitaient. Tout s'était passé très vite, peu après la tombée de la nuit : il n'y avait jamais de crépuscule à Sarawak. L'obscurité s'étendait d'un seul coup. Les étoiles, puis la lune ne tardaient pas à apparaître.

Le clair de lune était particulièrement brillant dans ce pays et les ombres prenaient alors un aspect fantastique, parfois effrayant.

Or, Agatha Alvinston s'était montrée plus insupportable que jamais, ce jour-là. Elle n'avait cessé de crier et de gourmander ses aides. Elle n'avait pourtant pas battu la jeune Dyak, car elle avait dû se rendre compte que, la veille, elle était allée trop loin.

Elle s'était contentée de la menacer, mais elle ne s'était pas privée de battre les deux autres, ainsi que les enfants. La mission n'avait cessé de retentir de leurs cris.

Bertilla trouvait tout cela horrible et elle était allée s'enfermer dans sa chambre. Incapable de le supporter, elle s'était jetée sur son lit en se bouchant les oreilles.

Sa tante l'avait rappelée pour l'obliger à exécuter les tâches qui lui incombaient, et elle avait nettoyé la maison après le départ des enfants et préparé le dîner.

Le repas était maigre et elles eurent vite fini de manger. Bertilla s'était alors accoudée à la fenêtre pour contempler le paysage nocturne, espérant oublier le cauchemar de cette journée.

Et là, tout à coup, elle vit les buissons s'agiter. Elle crut tout d'abord que c'était quelque animal ou même l'un de ces très gros oiseaux qu'elle espérait toujours apercevoir.

Mais elle se rendit vite compte que les feuillages remuaient, dans tous les buissons des alentours de la maison... Elle continua à regarder, retenant sa respiration dans la crainte de ce qu'elle allait voir.

Un moment plus tard, elle distingua des plumes parmi les feuillages et elle eut la certitude qu'elles appartenaient aux guerriers Dyak.

– Tante Agatha! cria-t-elle d'un ton affolé.

– Quoi donc?

– Il y a des hommes cachés là, dehors. Je suis certaine de les avoir vus!

Sa tante bondit jusqu'à la fenêtre. Puis, à la grande surprise de sa nièce, elle poussa un grognement qui ressemblait fort à un juron avant de refermer les volets de bois.

– Je vais leur apprendre! Ils vont voir! Recommencer à venir me menacer, chez moi! vitupéra-t-elle.

– Qui vous a menacée? demanda Bertilla.

Mais sa tante ne lui répondit pas. Elle se précipita vers son placard et en sortit un long fusil, puis elle se dirigea vers la salle de classe, emportant avec elle une boîte de cartouches.

Bertilla avait heureusement mis les volets à toutes les fenêtres, après avoir fait le nettoyage, pour éviter, comme d'habitude, que les insectes n'entrent dans la maison.

Tante Agatha continuait à marmonner toute seule :

– Je vais leur donner une bonne leçon. Ils ne seront pas près de l'oublier! Barbares! Sauvages! Assassins! Quand j'en aurai tué deux ou trois, on saura bien qui est le maître!

Bertilla la regarda perplexe. La vieille femme s'agenouilla devant l'une des fenêtres et retira une pièce de bois qui fermait une petite ouverture ménagée dans le bas du volet.

Elle avait tout juste la place d'y glisser le canon de son fusil. Elle l'avait chargé et avait tiré avant que Bertilla ait vraiment compris ce qu'elle faisait.

Le bruit, à l'intérieur de la pièce, fut stupéfiant. Dehors, on entendit un cri horrible. Et Bertilla se précipita aux côtés de sa tante.

– Vous avez touché quelqu'un, tante Agatha! Vous l'avez peut-être tué! Vous ne devez pas tirer. Il ne faut pas...

Sa tante répondit avec rudesse :

– Va te coucher, petite poltronne!

La jeune fille s'écarta. Finalement, elle se sentait

plus horrifiée par la conduite de sa tante que par les menaces qui rôdaient autour de la maison et elle alla se réfugier dans la cuisine.

Là, par les interstices des volets, elle se pencha pour regarder.

Elle retint un cri. Une bonne douzaine de Dyak avançaient vers la mission en se dissimulant dans l'ombre des arbres. On ne pouvait douter de leurs intentions meurtrières. Ils avaient revêtu leurs costumes de guerre et leurs coiffures de plumes. Ils portaient leurs grands boucliers ornés de touffes de cheveux et chacun avait à la main un grand kriss à lame recourbée qui luisait au clair de lune.

Leurs longues chevelures pendaient dans leurs dos et leurs visages avaient une expression particulièrement féroce.

Sa tante se mit à tirer sur eux. Ils semblèrent un peu désorientés mais ne battirent pas en retraite pour autant. Ils continuèrent à avancer en se protégeant derrière les troncs des arbres ou en se plaquant au sol pour éviter les balles.

Bertilla se rendit compte qu'ils obéissaient à une sorte de stratégie et étaient en train de prendre position pour encercler la maison.

Soudain, un Dyak jeta un long cri strident, puis il fit tournoyer son kriss au-dessus de sa tête.

Cette fois, Bertilla ne put s'empêcher de crier de peur.

Tous les autres répétèrent le même geste. Et à ce moment-là, elle vint se réfugier dans sa chambre et se glissa sous son lit, son seul refuge.

Puis elle se mit à prier de toutes ses forces, de façon incohérente, appelant désespérément au secours lord Saire.

Cette même nuit, une fois accueillie, réconfortée et installée dans une chambre du palais Astana par lady Brooke qui l'avait dorlotée comme si elle eût été sa fille, elle se remit à prier. Mais, maintenant, c'était pour remercier Dieu de l'avoir sauvée en lui envoyant miraculeusement lord Saire, de l'avoir soustraite à la férocité des Dyak et de n'avoir pas permis qu'elle fût décapitée, comme elle le redoutait pendant les longs instants qu'elle avait passés cachée sous son lit. Elle avait réellement cru que le dernier bruit qu'elle entendrait serait le sifflement d'une lame de kriss qui allait lui emporter la tête... Mais elle avait été miraculeusement sauvée!

A cet instant, elle vit lord Saire venir vers elle. Il s'avançait d'un pas vif entre les massifs de fleurs. Il ressemblait à tous les héros de légendes qui tuent des dragons pour sauver des jeunes filles. Elle s'imaginait presque le voir tenir à la main la dépouille d'un monstre et la lance avec laquelle il l'avait vaincu.

Il se pencha vers elle en souriant. Spontanément, elle lui tendit ses mains frémissantes dont il s'empara pour y déposer de doux baisers pleins de respect.

– Avez-vous bien dormi? demanda-t-il de sa voix chaude.

Bertilla ne répondit pas tout de suite. Elle détourna la tête, confuse de ces baisers sur ses doigts. Puis elle finit par dire :

– Je suppose que lady Brooke m'a donné quelque chose pour dormir... Je me suis réveillée terriblement tard.

– Vous n'êtes pas trop fatiguée?

Bertilla secoua la tête et posa tout de suite la question qui lui brûlait les lèvres :

– Savez-vous quelque chose... au sujet de tante Agatha?

Elle avait dit cela d'une toute petite voix. Lord Saire s'assit au pied de la chaise longue et lui prit les mains entre les siennes.

– Malheureusement, je ne vous apporte pas de bonnes nouvelles, Bertilla...

– Elle est morte, n'est-ce pas?

– Oui, elle est morte. Je ne pense pas qu'elle ait souffert. Cela a dû être très rapide en tout cas.

Lord Saire n'en dit pas plus. Il n'avait pas envie de donner de détails.

Les soldats avaient découvert le corps de miss Alvinston, le matin, dans la jungle, en faisant une battue autour de la mission. Surpris par l'arrivée des soldats, les Dyak avaient trouvé néanmoins le temps d'enfoncer la porte afin de s'emparer de la missionnaire. Son corps fut retrouvé sur le passage que leurs pas avaient tracé dans la forêt. Les Dyak n'avaient rien pris dans ses poches et n'avaient même pas volé le camée qu'elle portait toujours sur sa robe. Mais la tête avait disparu.

Il fallait s'y attendre, mais lord Saire estimait inutile de perturber Bertilla avec d'aussi macabres précisions.

La jeune fille resta songeuse et ne posa aucune question. Elle avait parfaitement compris qu'il ne voulait pas s'étendre sur le sujet. Au bout de quelques instants, elle demanda :

– Pourquoi êtes-vous ici? Vous m'aviez bien parlé de venir à Sarawak, mais je ne vous y attendais pas de sitôt...

Lord Saire sourit.

– C'est justement de cela que je voulais vous parler.

Elle le regarda d'un air interrogateur.

– Quand j'ai appris que vous aviez quitté les Henderson avec une hâte bien inutile, Bertilla, j'ai tout de suite compris qu'il ne me restait qu'une chose à faire : vous suivre et venir ici.

Elle rougit mais ne dit rien.

– Voyez-vous, ma chérie, reprit-il d'une voix tendre, aussitôt après votre départ, j'ai compris que je ne pouvais pas vivre sans vous.

Bertilla le regardait, incrédule.

– C'est vrai, Bertilla, je vous aime, j'ai besoin de vous et je veux vous garder près de moi. Jamais je n'ai désiré personne de cette façon-là.

Une lueur s'alluma dans les yeux de la jeune fille. Elle murmura d'une voix imperceptible :

– Je crois que je rêve...

– Ce n'est pas un rêve, c'est la réalité. Je vous aime, ma chérie, et nous allons nous marier dès que possible.

– Oh!

Elle suffoquait devant la perspective de cet incroyable bonheur.

Il se pencha, l'enlaça et posa ses lèvres sur les siennes. Etait-il possible qu'ils retrouvent dans ce nouveau baiser le bonheur et l'extase ineffables de leur première étreinte? Or, celle-ci fut plus ardente encore.

– Je vous aime, mon précieux trésor... Je n'ai jamais aimé personne ainsi...

Bertilla suffoquait de bonheur.

– Je vous aime, moi aussi! dit-elle. Je crois que je vous aime depuis le premier instant où je vous ai vu. Mais jamais je n'aurais imaginé que vous, vous pourriez m'aimer un jour!

– Nous nous appartenons pour toujours, répliqua-t-il.

Puis il la couvrit de nouveau de baisers passionnés, heureux de la sentir toute frémissante sous ses caresses, de voir ses yeux briller de bonheur, comme s'ils avaient capté tout le soleil qui inondait le jardin.

Beaucoup plus tard, quand enfin se calma l'exaltation qui les avait jetés l'un vers l'autre, lord Saire se mit à rire gaiement.

– Vous savez, ma petite chérie, que l'on m'appelle « Pirate d'Amour ». Alors, il faut que je vous annonce quelque chose. Ce pirate-là a baissé pavillon et ne courra plus jamais les mers. Il a enfin trouvé le trésor qu'il cherchait et il est pleinement satisfait et heureux.

Bertilla se refusait encore à le croire.

– Comment pourrais-je vous suffire, alors que vous

avez connu des femmes si extraordinaires? dit-elle en cachant sa tête dans le cou de lord Saire.

– Elles m'ont toujours déçu, affirma-t-il, catégorique. J'étais même tellement désillusionné que j'avais décidé de ne jamais me marier.

Comme elle lui jetait un coup d'œil inquiet, il poursuivit en souriant :

– Jusqu'à ce que je vous rencontre! J'ai fini par comprendre que vous étiez l'incarnation de la femme idéale dont mon cœur rêvait.

– J'ai quand même peur de vous décevoir. Vous êtes un homme si important, si formidable!

– Vous m'aimez trop pour que cela puisse arriver, Bertilla!

– Il me serait impossible de ne pas vous aimer! dit-elle avec ferveur.

– C'est la seule chose que je vous demanderai toujours de me donner. Notre amour ne fera que grandir et rien d'autre n'aura d'importance dans la vie pour nous.

– Pour moi, rien n'a jamais compté dans la vie avant notre rencontre, dit Bertilla d'un ton passionné. J'ai très bien senti, le jour où vous avez été si gentil avec moi à la gare, que vous étiez celui dont j'avais rêvé, mais que je ne pensais pas rencontrer un jour.

– Et moi, je croyais qu'une femme telle que vous ne pouvait exister que dans mes rêves. Mais vous êtes là, mon précieux trésor, bien vivante, avec votre cœur, votre âme et votre esprit, dit-il avec feu.

Il comprenait que c'était ce qui lui avait toujours manqué dans le passé : une femme ayant les qualités de cœur de Bertilla.

Il glissa ses doigts sous le menton de la jeune fille pour l'obliger à lever la tête et plongea au fond de ses yeux un regard brûlant de désir.

Bertilla rougit brusquement :

– Vous m'intimidez...

– Je vous adore quand vous êtes timide! Mais je

cherchais à découvrir pourquoi vous êtes tellement belle.

– Alors, ne me regardez pas de trop près, sinon vous verriez les défauts, lança-t-elle, moqueuse.

– Vous n'en avez pas. J'aime vos yeux, si francs, si candides, qui ne seront plus jamais troublés par la peur, s'écria-t-il en posant deux baisers sur ses yeux. J'aime vos lèvres, dit-il en passant le bout de son doigt sur la tendre bouche.

Elle attendait un baiser et se sentit déçue. Mais un frisson la parcourut et ses joues rosirent.

– Mon trésor, j'ai tant de choses à vous apprendre, dit-il en riant tendrement.

– Mais je suis prête à tout apprendre, tout ce que vous voudrez.

Il lui donna encore plusieurs baisers passionnés puis la regarda intensément :

– J'ai une proposition à vous faire. Vous êtes officiellement en deuil, bien qu'il vous soit véritablement impossible de pleurer votre tante, ce qui serait de la dernière hypocrisie. Mais nous ne pouvons célébrer notre mariage à Singapour sans que tout le monde crie partout que vous n'avez pas de cœur...

Bertilla se mit à le regarder avec appréhension et il reprit aussitôt :

– Alors, voilà ce à quoi j'ai pensé : nous pourrions demander au commandant de l'aviso qui m'a amené ici hier de nous marier tout de suite. Si cela vous convient, bien entendu...

– Mais... est-ce une chose possible? demanda Bertilla dont les yeux brillaient de joie.

– C'est parfaitement légal, je vous assure. Tout commandant de bateau a le droit de marier qui il veut, quand il est en mer, en vertu d'un pouvoir spécial dont il a été investi par la reine.

– Bon! Eh bien, marions-nous de cette façon! dit Bertilla en riant. A condition toutefois que vous soyez vraiment certain de vouloir épouser une jeune fille aussi insignifiante que moi.

– Vous êtes très, très importante pour moi, Bertilla! se récria lord Saire. Vous allez devenir mon épouse... Et puisque nous serons mariés, vous pourrez m'accompagner dans mon voyage. Nous continuerons ensemble ma mission, si cela vous convient.

Bertilla battit des mains à cette perspective, tandis qu'il ajoutait :

– Nous pourrions continuer à visiter l'archipel en utilisant la canonnière. Nous en aurons pour deux mois environ, avant de reparaître à Singapour. Ce sera un voyage de noces assez original, je pense.

– Ce sera absolument merveilleux! affirma Bertilla. Je rêve! Je rêve vraiment! Visiter ces pays enchanteurs avec vous. Une chose pareille ne peut arriver dans la réalité...

– Et pourtant, c'est ce qui est en train d'arriver, Bertilla!

Et ils s'abandonnèrent de nouveau au bonheur d'échanger des baisers et de tendres caresses.

Dans l'ardeur de leurs étreintes, ils avaient oublié tout ce qui les entourait, et le temps et le lieu. Aussi furent-ils très surpris lorsqu'un domestique vint les prévenir que le rajah les attendait pour le déjeuner.

– Allons-nous lui annoncer notre décision? demanda lord Saire en se levant.

– Oh! je me sens très intimidée...

– Bon. Laissez-moi faire, dit le jeune homme avec autorité.

– Je ne demande pas mieux. J'ai vécu si isolée : je suis toujours embarrassée. Ainsi, toute la semaine dernière, j'ai cherché comment m'y prendre pour faire savoir aux autorités que tante Agatha était un peu folle. Je ne savais pas à qui m'adresser et je me demandais comment j'expliquerais les choses. Mais personne n'est venu à la mission, hélas! Et là-bas, personne ne parlait anglais en dehors de ma tante..., soupira la jeune fille.

Tout cela montrait bien combien Bertilla avait

souffert. Lord Saire profita de ce qu'ils passaient derrière de gros massifs de rhododendrons qui les dérobaient aux regards pour lui passer le bras autour du cou, et lui chuchoter :

– Je vous promets, Bertilla, que vous ne serez plus jamais seule. Nous ne nous quitterons plus. Vous m'accompagnerez partout.

– Je vous aime ! Et je vous appartiens tout entière ! répondit Bertilla.

Il l'embrassa longtemps, jusqu'à ce qu'ils sentent le jardin tourner autour d'eux.

Les parfums et les couleurs des fleurs, le vol des papillons se mêlaient au bonheur de leurs deux cœurs débordants d'amour. Et ils murmurèrent encore une fois, d'une même voix :

– Je vous aime...

Romans d'amour

'amour: les meilleurs auteurs lui ont consacré
urs plus belles pages.

emandez à votre libraire le catalogue semestriel gratuit.

LEN Leslie

es Borodine:

Amour et honneur (1226★★★★)
siège de Port-Arthur, un journaliste éricain tombe amoureux d'Ilona, jeune ncesse russe. Inédit.

Guerre et passion (1314★★★★)
ns ce monde en flammes, les héros s'ai- nt et se déchirent. Inédit.

Rêves et destin (1364★★★★)
vengeance des nouveaux maîtres de la ssie va poursuivre les Borodine au delà s frontières de leur pays natal. Inédit.

RRIÈRE Jean-Claude

ttres d'amour (1138★★★★)
s plus belles pages inspirées par l'amour.

LLY

s ombres (889★★)
rdue dans une famille sans âme, saura- lle reconnaître le véritable amour?

tsi (890★★★)
essée dans son honneur, Mitsi pourra- lle pardonner à celui qu'elle aime?

nfidèle (1004★)
fidélité à une épouse morte peut-elle erdire l'amour?

s deux crimes de Thècle (1015★★)
château de Mieulles les haines s'exacer- nt jusqu'au drame.

fruit mûr (1053★)
rasé par sa mère et sa sœur, pourra-t-il panouir et rencontrer l'amour?

e misère dorée (1102★★★)
e radieuse jeune fille aux prises avec des ines ancestrales dans un manoir autri- en.

douloureuse victoire (1124★★)
ut-on aimer une femme, alors que Dieu est it amour?

La lune d'or (2 t. 1136★★★ et 1137★★★)
Dans la pampa, des hommes luttent pour punir les crimes d'un mauvais génie.

L'héritage de Cendrillon (1182★★★)
La méchanceté d'une femme va réduire Magdalena à l'état de Cendrillon.

Comme un conte de fées (1254★★)
Un pays enchanté où la vie avec le rêve se confond.

HEAVEN Constance

Le château sous la lune (995★★★)
A Vienne, Lisa découvre l'amour tandis que naît une révolution.

Marietta (1125★★★)
Dans ce château d'Ecosse, la mort rôde...

La reine et le gitan (1169★★★★)
Les amours tumultueuses d'Elisabeth Ire d'Angleterre.

Le maître de Ravensley (1242★★★★)
Alyne, aux cheveux d'or clair, est revendiquée par le nouveau maître de Ravensley.

HEYER Georgette

Pour l'amour de Cressy (1352★★★★)
Il est risqué, pour un jumeau, de se faire passer pour son frère auprès de sa fiancée.

HOLT Victoria

L'orgueil du Paon (1063★★★★)
Une tombe qui porte son nom. Quel mystère entoure sa naissance?

Le galop du Diable (1113★★★★)
Une jeune Anglaise prise dans la tourmente de la Révolution française.

La nuit de la septième lune (1160★★★★)
Helena a vécu un rêve; au réveil il ne reste qu'un cauchemar.

Ma rivale, la Reine (1363★★★★)
L'amour va dresser contre Elisabeth Ire sa nièce et dame d'honneur, la belle Lettice.

KAYE M.M.

Pavillons lointains
(2 t. 1307★★★★ et 1308★★★★)
Au temps des Maharadjahs, Juli, princesse indienne, et Ash, le jeune Anglais élevé comme un Hindou, luttent pour leur amour.

KONSALIK Heinz G.

La passion du Dr Bergh (578★★★)
Un grand médecin voit sa carrière menacée par la haine d'une femme.
Docteur Erika Werner (610★★★)
Par amour, elle s'accuse à la place de son amant indigne.
Mourir sous les palmes (655★★★)
Sur une île déserte, deux hommes et une femme soupçonnée de meurtre.
Aimer sous les palmes (686★★)
Père et fils luttent contre le fanatisme des indigènes et la nature déchaînée.
Deux heures pour s'aimer (755★★)
Que faire d'une maîtresse clandestine morte dans vos bras?
L'or du Zephyrus (817★★)
Deux filles et trois garçons s'affrontent lors d'une dramatique chasse au trésor.
Les damnés de la Taïga (939★★★★)
Quatre hommes et deux femmes isolés dans l'immensité de la forêt.
L'homme qui oublia son passé (978★★)
Petit employé hollandais, il se réveille dans la peau d'un écrivain.
L'amour est le plus fort (1030★★★)
A Paris, un peintre sauve Eva du suicide. Pourra-t-elle le sauver à son tour?
La caravane des sables (1084★★★)
Un voyage au pays de la soif, de la peur et de l'inconnu.
Une nuit de magie noire (1130★★)
Un sorcier indigène peut-il guérir leur fils atteint de leucémie?
Le médecin de la tsarine (1185★★)
On murmure que Maria, la tsarine, est un démon déguisé en ange.
Amour cosaque (1294★★★)
A l'époque d'Ivan le Terrible, la passion indomptable d'une jeune Russe durant la conquête de la Sibérie.
Natalia (1382★★★)
Natalia est-elle une meurtrière en fuite ou le fantôme d'une comtesse assassinée jadis?

McCULLOUGH Colleen

Les oiseaux se cachent pour mourir
(2 t. 1021★★★★ et 1022★★★★)
L'épopée vécue par Meggie et Ralph au cou[rs] de cinquante ans d'aventures et de passion[s à] travers le continent australien.
Tim (1141★★★)
L'histoire d'un amour que la société [a] condamné par avance.

MYRER Anton

Les derniers jours de l'été
(2 t. 1073★★★★ et 1074★★★)
Peut-on épouser la fille qu'on aime quand [on] craint d'être son frère?

RUBENS Bernice

Chère inconnue (1158★★)
Une correspondance amoureuse peut débo[u]cher sur la tragédie.

SEGAL Erich

Love story (412★)
Le roman qui a changé l'image de l'amou[r].
Oliver's story (1059★★)
Jenny morte, Oliver réapprend à vivre.
Un homme, une femme, un enfant
(1247★★)
Un père peut-il introduire dans sa famille [un] fils dont il apprend l'existence?

STEEL Danielle

Leur promesse (1075★★★)
Reconnaîtra-t-il sa fiancée à qui la chirurg[ie] esthétique a donné un nouveau visage?
Une saison de passion (1266★★★★)
Kate est déchirée entre son mari infirme [et] Nick, l'homme de sa vie.

VALENTIN Louis

Les roses de Dublin (1365★★★★)
Il a connu une jeune Irlandaise une nuit; il [ne] se doute pas que leur fils a maintenant d[ix] ans.

*et tous les romans
de Guy des Cars
Barbara Cartland
et Theresa Charles.*

Succès littéraires

s auteurs qu'il faut avoir lu, des best sellers
lués par les meilleurs critiques.
mandez à votre libraire le catalogue semestriel gratuit.

RIL Nicole
nsieur de Lyon (1049★★★)
séduisant "monstre à visage de femme" st-il qu'un être de mort?
disgrâce (1344★★★)
3 ans, Isabelle découvre qu'elle est laide; r elle, le monde bascule.

IER Bertrand
valseuses (543★★★★)
tôt crever que se passer defilles et de noles.
u père (1333★★)
este seul avec une belle-fille de 14 ans, oureuse de lui.

OCHIER Jean-Jacques
ette Genonceau (1111★)
e déchiquette à coups de bec ceux qui ent autour d'elle.

IOW CHING LIE
palanquin des larmes (859★★★)
révolution chinoise vécue par une jeune e de l'ancienne bourgeoisie.

ANCIER Georges-Emmanuel
e pain noir:
le pain noir (651★★★)
La fabrique du roi (652★★★)
Les drapeaux de la ville (653★★★★)
La dernière saison (654★★★)
1875 à la Seconde Guerre mondiale, la onique d'une famille pauvre qui tente de vivre, à l'heure des premiers grands con- s du travail.
ternité plus un jour
2 t. 810★★★★ et 811★★★★)
nri pensait qu'il lui faudrait "l'éternité s un jour" pour vivre son amour avec Eli- eth.
halte dans l'été (1149★★)
grand-père fait découvrir l'amour à son it-fils.

COLETTE
Le blé en herbe (2★)
Phil partagé entre l'expérience de Léa et l'innocence de Vinca.

CONCHON, NOLI et CHANEL
La Banquière (1154★★★)
Devenue vedette de la Finance, le Pouvoir et l'Argent vont chercher à l'abattre.

CORMAN Avery
Kramer contre Kramer (1044★★★)
Abandonné par sa femme, un homme reste seul avec son tout petit garçon.

CURTIS Jean-Louis
Un jeune couple (321★★★)
La désagrégation d'un amour par la société de consommation.
L'horizon dérobé:
1 - L'horizon dérobé (1217★★★★)
2 - La moitié du chemin (1253★★★★)
3 - Le battement de mon cœur (1299★★★)
Seule l'amitié résiste à l'usure des ans.

DUTOURD Jean
Mémoires de Mary Watson (1312★★★)
Venue pour consulter Sherlock Holmes, Mary Morstan épousera le Dr Watson. Elle raconte son histoire à sa manière.

GALLO Max
La baie des Anges:
1 - La baie des Anges (860★★★★)
2 - Le palais des Fêtes (861★★★★)
3 - La promenade des Anglais (862★★★★)
A Nice, de 1890 à nos jours, la grande sage de la famille Revelli.

GURGAND Marguerite
Les demoiselles de Beaumoreau
1282★★★)
Arrivées en Poitou par le froid hiver 1804, elles deviennent bientôt l'âme du village.

Achevé d'imprimer sur les presses de l'imprimerie Brodard et Taupin
7, Bd Romain-Rolland, Montrouge. Usine de La Flèche,
le 20 avril 1983
6510-5 Dépôt Légal avril 1983. ISBN : 2 - 277 - 21455 - 8
Imprimé en France

1455
★★

Editions J'ai Lu
31, rue de Tournon, 75006 Paris
diffusion France et étranger : Flammarion